突然想告白

SUDDENLY WANT OF A CONFESSION

朱 炫 小岩井 那 多 等 ◎著

薛小白 等 ◎摄影 张嘉希 等 ◎模特

作家出版社

图书在版编目（CIP）数据

突然想告白 / 朱炫等著 .——北京：作家出版社，2018.1

ISBN 978-7-5063-9902-9

Ⅰ.①突… Ⅱ.①朱… Ⅲ.①短篇小说—小说集—中国—当代 Ⅳ.① 1247.7

中国版本图书馆 CIP 数据核字（2018）第 029227 号

突然想告白

作　　者： 朱　炫　等著

出 品 人： 高　路　岳　阳　黄文璟

责任编辑： 丁文梅

监　　制： 华　婧

特约策划： 舒　妍

装帧设计： 张丽娜

责任印制： 李卫东　李大庆

出版发行： 作家出版社

社　　址： 北京农展馆南里 10 号　　**邮　　编：** 100125

电话传真： 86-10-65930756（出版发行部）

　　　　　　86-10-65004079（总编部）

　　　　　　86-10-65015116（邮购部）

E-mail:zuojia@zuojia.net.cn

https://www.haozuojia.com（作家在线）

印　　刷： 北京尚唐印刷包装有限公司

成品尺寸： 170×235

字　　数： 81 千字

印　　张： 15

版　　次： 2018 年 4 月第 1 版

印　　次： 2018 年 4 月第 1 次印刷

ISBN 978-7-5063-9902-9

定　　价： 49.80 元

目录　　CONTENTS

1. 突然想告白　// 005 —— 那 多

2. 有点喜欢你　// 027 —— 蔡必贵

3. 勇敢爱　// 058 —— 朱 炫

4. 确幸遇见你　// 087 —— 韦 跃

5. 爱你就像爱生命　// 115 —— 时已戌

6. 陪伴是最长情的表白　// 142 —— 小岩井

7. 我的云端情人　// 158 —— 潘志远

8. 后来　// 179 —— 吕白 Alex

9. 你能带我回家吗？　// 195 —— 巫其格

10. 爱与成全　// 224 —— 海参包

Suddenly want
to confession

突然想告白

　　武康路上的过气网红咖啡厅里，悦琳佐着一切美好的事物——下午明媚的阳光、美味的甜点和帅气侍应生的微笑，劝了陈韵郦两个小时。这简直已经是最佳组合了，但有什么用呢? 我救不了你了，悦琳终于没好气地轻骂一句，起身去洗手间。要知道她已经说得口干舌燥，灌下去两壶花茶了。

　　陈韵郦两个月前和男友 Andy 分手，一个星期瘦了七斤，悦琳发善心把身边仅有的高帅富景晖介绍给她，想让她分散点注意力。第一次见面陈韵郦就把咖啡洒到景晖裤子上，第二次见面景晖前脚绊后脚摔掉颗门牙，两个人八字不合到吊诡的程度，就这样还好上了，用悦琳的话来说简直是孽缘! 然而就在十天前，Andy 回来了，要复合! 不是都说现在男人属于稀缺资源嘛，景晖的条件就不提了，哪怕是 Andy 身边也有一堆嗲着嗓子叫哥哥的小女生，陈韵郦也没有美炸天啊，怎么就这么拿得住呢？

尽管心里有着小小的不忿，从洗手间回来的时候，悦琳重整了旗鼓，说服自己要对闺密多点耐心。她拉开椅子坐回去，陈韵郦放下手机抬头看她，脸色居然比刚才还要差。悦琳觉得嗓子眼更疼了，刚才那一堆一堆的话全白瞎了。

"我和你说啊，我不是讲 Andy 不好，但你们分分合合有三五次了吧，从头到尾快四年了吧，我就没见过这个节奏能成正果的。你要是还想再玩儿几年我一句话不说，但你不是想安定下来结婚吗，Andy 可以？他就是个玩咖，你也知道，否则也不会痛下决心和他再分手了。见鬼我还真以为你这回痛下决心了呢，要不是那时候看你快死过去的样子我才不给你介绍景晖呢。你可要把持住啊。"

陈韵郦唉声叹气。

"不是 Andy 有多好，主要是景晖，我和他在一起的时候太多稀奇古怪的事情发生，多到我都怕了。就这星期三，我和他一起吃海底捞的时候手机掉锅里了，这种事情一次两次还可以说是意外，可现在这样，简直就是老天爷在告诉我不要和这个男人继续下去。讲真的我有点怕了，

这也太怪力乱神了一点。"

"你也知道这是怪力乱神啊，就是你这阵子水逆呗，人嘛总有顺运逆运的时候，过了这阵子就好了，把事情都怪到景晖头上，也真是服你了。"

陈韵郦看着悦琳，一副欲言又止的样子。

"又怎么啦？"

"那个……刚才你上厕所的时候，我刷了会儿微博，你看。"

陈韵郦把手机推到悦琳面前。

那是一封未关注人私信。

"1018 别去会有。"悦琳把内容轻声念了出来，"这什么意思？"

她看了陈韵郦一眼，有些好笑地说："现在这种莫明其妙的私信也能吓到你了？这种一串数字组成的用户名，一看就是机器人马甲啊，随便发的内容吧。还是说……你知道1018是什么意思？别去会有，这没头没尾的。"

悦琳说着点了一下发信人，想看看他的微博主页内容，结果显示"该用户不存在"。

"你看，这人被系统秒删了啊，肯定是垃圾账号，被自动清理掉了。"

陈韵郦死死咬着嘴唇，这本该是个让男人心跳的动作，但现在都快咬出血了。

"说话呀，真是急死我了。到底是信里哪儿吓到你了？"

"不是信的内容，就是这发信人，他的用户名有问题。"

发信人的用户名就是一串数字，悦琳怎么都瞧不出有哪里不对劲。难道这数字里藏了什么了不得的密码？她可不是福尔摩斯。

陈韵郦松开嘴唇，上半身往悦琳这儿凑了凑，压低了声音说："这个用户名的前六位，是我的银行卡密码，就是我最经常用的那一张！"

悦琳傻了。她愣愣瞧着那封私信，手指再去点，还是"该用户不存在"。

活见鬼了。两个人同时说。

"巧……巧合？"悦琳说得自己都没有信心，"要不，你去庙里拜一拜？"

陈韵郦是真的被吓到了，最近接二连三碰上倒霉事情，晚上睡觉总觉得后脖子有凉气，走着走着就觉得背后有人，到现在又是一封包含了她银行密码的未知私信，再下去还会发生什么？和悦琳分开后她坐立不安，一晚上没睡好，第二天清晨就跑到静安寺一座座殿拜过来，哪一尊神佛都没落下，最后还请了一串开了光的手串，戴在手上，洗澡都不敢摘。

说来也神，自打去过寺庙戴了佛珠，陈韵郦立刻就踏实了，本来和景晖约会，三天两头都会出事，现在居然平安了，不管是她还是景晖，一次意外事件都没再发生过。陈韵郦没事就摩挲手腕上的佛珠，心想有些事情，还真是不得不信。

　　原本和景晖在一起的时候，陈韵郦总是提心吊胆，不知道什么时候就会发生些什么。景晖一腔痴情拼命追求，可陈韵郦一颗心安定不下来，当然就事倍功半，再加上对是否和 Andy 复合摇摆不定，这也是重要原因。现在莫名的干扰就此消失，陈韵郦和景晖进展飞快，连 Andy 的微信都回得少了。

　　再一次和悦琳在咖啡馆喝下午茶的时候，悦琳赞她整个人看起来像朵盛放的海棠花，美得不行，陈韵郦不禁翘起了嘴角。假作镇定地和悦琳聊了会儿八卦，她终于忍不住说，怎么办，我觉得他就要求婚了。

　　悦琳心里想我早知道了，景晖已经来找过她，和她讨论过该怎么求婚才万无一失，而 Andy 也给她打过一个电话，试探问自己到底还有多少机会。此时听陈韵郦这样说，悦琳当然还得摆出惊喜的样子，说哎呀那太好啦，你还怎么办什么啊，当然是立刻答应他啊，除非他给你买的钻戒太小。不过景晖这个男人很靠谱的，我赌肯定两克拉往上。今年把婚礼办了，记住了我要来做第一伴娘的啊！

陈韵郦说其实我还是有点犹豫的。悦琳心想你要不要这么装啊，那可是景晖啊你还想怎么样。陈韵郦说倒不是还惦记着 Andy，景晖对她也足够好，可那封该用户不存在的私信一直是心头的刺。

"我有种感觉，这封信是想要告诉我些什么事情的，我始终不能说服自己，这仅仅只是巧合。我觉得这是个警告。不知道为什么，最近每次我想到景晖可能会向我求婚的时候，都会想起这封莫名其妙的信。"

这封信确实也让悦琳瘆得慌，陈韵郦这么说，悦琳不敢胡乱开解，两个人便开始试着分析。

首先，发信人是谁呢，话只说了半句，后续也再没有来过信，难道当时有特别危急的情况吗？难道没写完人就被抓了甚至是死了，但那样的话又是谁点的发送呢？又或者本来就不是活人发来的，是妖魔鬼怪之类的不可测之物发过来的？两个女孩都是信鬼神的，但这依然无法解释话怎么只说了半句。

两个人的脑洞开到这种程度，就后继无力了，只能转换思路，考虑信的内容到底意味着什么。这个更好猜一点，总的来说，应该是针对"1018"的警告，"1018"代表什么呢？两个人都想到一块儿去了，现

在是上半年，景晖如果求婚，那么婚期肯定是在下半年，十月十八日恰好在周六，非常适合结婚。

"总之，你也不可能因为这封没头没脑的私信，就影响你和景晖的未来，别在十月十八日领证或者办仪式，应该就可以了吧。"悦琳总结。

陈韵郦点头，然后失笑，说哎呀说得好像他已经求婚了似的，谁知道他怎么想的呀。

景晖是在三天后求婚的。当时他们在一个顶层餐馆的露天区吃晚饭，忽然对面夜空就亮起了烟花，所有人都转过头去看，然后烟花下的大楼外墙上就闪出求婚的话语。陈韵郦当时就看傻了，预备好的音乐响起来，是陈韵郦最喜欢的乐曲，然后景晖跪下来拿出大戒指求婚，包括悦琳在内的一众朋友都冲了出来。陈韵郦毫无反抗能力，哭着被戴上了戒指。

她没忘记提出唯一的要求——别在十月结婚。

婚礼时间最后定在了十二月，景晖一手操办了所有事情，他订了城里最高级的酒店，要给陈韵郦一个完美的婚礼。

离婚礼还有三个星期，悦琳心急火燎地来找陈韵郦。她的表情极度不自然，陈韵郦还以为她因为什么原因不能当伴娘了呢。

"和伴娘没关系，是你结婚的地方！我才收到你递过来的结婚请柬，你自己不知道吗？"

悦琳把请柬摊开在陈韵郦面前，用手指着酒店地址。

那上面赫然写着"1018号"。

这个酒店太有名，没人会关心到底门牌号是多少，而寄请柬的事是景晖包办的，所以陈韵郦直到现在才知道，这个承办婚礼酒店的门牌号竟然是"1018"！

陈韵郦吓得脸色惨白。

但是所有的请柬都发出去了，亲朋好友都通知到了，已经没办法再更改。甚至那封诡异的私信，都因为不吉利而被陈韵郦删除了，她没有任何的证据去说服景晖，说服自己的父母去更改婚礼地点。一旦她提出这个要求，无异于悔婚。

接下来的日子，随着婚期一天天接近，陈韵郦的精神状态也越来越差。景晖只以为她有点婚前恐惧，并没有太在意。

婚礼前一周，Andy约了陈韵郦出来，他取出一枚钻戒，跪下来求婚。你疯了吗，陈韵郦说。是的我想疯一次，这是最后的疯狂了。Andy回答。陈韵郦终究还是没有答应，尽管她压力大得几乎要崩溃了。

Suddenly want
to confession

Andy 太了解陈韵郦了，他的最后一搏虽然没有立刻获得成功，但却看出了些端倪。最后的几天里，他一直在给陈韵郦发微信。陈韵郦给悦琳打电话，诉说心中的纠结，悦琳却无法给出任何明确的意见。她既不能劝陈韵郦在这个节骨眼上悔婚，又实在不敢无视那封诡异的私信。末了，她问陈韵郦佛珠是不是还戴着，陈韵郦说一直戴在手上，悦琳说你请了佛珠以后就平安无事，说不定这佛珠已经把事情解决掉了？

景晖终于感觉到了陈韵郦的异常，当然，对他而言，依然认为这是未婚妻的婚前恐惧——极其严重的婚前恐惧。他意识到必须要做些什么，好让陈韵郦安心。婚礼前一天的晚上，他忽然出现在陈韵郦家门口，敲开门后，景晖把自己的银行卡交给了陈韵郦。

"从现在开始，我的钱就都由你管啦！"景晖笑着宣布。

然后，他把卡的密码告诉了陈韵郦。

陈韵郦害怕得牙齿打战，站都站不稳了。

"你怎么了？"景晖抱住她。

陈韵郦记得清清楚楚，那封被她删掉的私信，那个已经不存在的用户名。那个用户名由十二位数字组成，前六位是她的银行卡密码，而一直以为并无意义的后六位数字，则就是景晖现在报出的密码！

全都对上了。

此时此刻，哪怕在景晖的怀中，哪怕手腕上还戴着那串高僧开光的佛珠，陈韵郦还是无法感受到一点点的安全。

陈韵郦咬着牙打着战，从景晖的怀里一点点退出来。她说谢谢你，我想早点休息，你也早点回去休息吧。

景晖有种不祥的预感。

次日。

他们并无白天的接亲仪式，整整一天，景晖都联系不上陈韵郦。晚上六点，宾客都已到齐，景晖站在台上，痴痴等待。

悦琳陪着陈韵郦，两个人就站在酒店对面看着。

"你真的想清楚了，不进去？"悦琳问。

"我不敢去，如果是你，你敢去吗？"

"大概也不敢。那你是要选 Andy 吗？"

"我还不知道。我现在完全不打算想这事情。"

两个人默立着，直到一声巨响传来。冲击波拍击在她们身上，将她们击倒。路上的行人倒了一片，附近大楼的窗玻璃都被震碎。

对面的酒店建筑明显倾斜，并且燃起火光。

十几分钟后，消防车赶到，随后救护车，警车……

一个多小时后，政府发布公告，该酒店下的天然气管道发生爆炸，中心点在酒店礼堂，由于酒店建于 20 世纪初，不是钢筋水泥结构，所以受损严重，礼堂已经坍塌，目前伤亡不明。

陈韵郦被击倒在地上的时候，就知道景晖一定已经遇难了。那是一种突如其来的明悟，让她把一切全都想得清清楚楚。冥冥中，有一股信息传递给她，有一阵微风在她耳畔打了个转，然后飘向世界的尽头去了。

那是景晖呵，一直是景晖啊。拼了命在提醒着她，阻碍着两个人在一起，想要把陈韵郦从这场灾难中解脱出来的人，是景晖。

在另一个时空里，自己是和他一起在礼堂里的吧，陈韵郦淌着泪想。

他回到一切开始之前，想要阻止自己在这种悲剧中死去。到他发出那封警告信的时候，已经耗尽了所有的力量，无法再干涉现世了吧。

陈韵郦不知道自己为什么会忽然有这样的领悟，似乎那冥冥中的力量，也不忍心看到景晖就这样地远去，而要告诉陈韵郦，他曾经做过些什么。

哪怕是在求婚的那一晚，景晖把钻戒戴到陈韵郦无名指上的时候；

哪怕是在结婚的前一晚，景晖把银行卡交到陈韵郦手上的时候，陈韵郦都不知道，原来这个男人竟是这样用生命在喜欢着她。现在，她倒在坚硬冰冷的人行道上，整个脑袋仍被震得嗡嗡作响的时候，她知道了。

陈韵郦意识到这些的时候，整个世界在她的面前沉默下来。她用力地抬起手，像是要抓住些什么，又像是要向远去的魂灵打一个招呼。她的手腕上空空如也，那串求来的辟邪佛珠，已经崩散不见了。

文字：青春映象节文学导师　那　多　作品
图片：青春映象节获奖摄影师　加菓好　作品

摄影师　加菓好　　模特　王辰雨

Suddenly want
to confession

有点喜欢你

王茸决定，再也不会原谅他了。

今天无论他怎么说，都必须分手。

第一次见到他，是在三里屯的酒吧。那时她在出版社实习，一个编辑前辈攒了本励志类的书，卖了几十万本，所以请整个编辑部吃涮肉，吃完涮肉又去喝酒。一进酒吧，王茸就发现了他。他一个人坐在吧台前，没有别的动作，没有说一句话，但却显得跟所有人都不一样。

在那一瞬间，王茸心里知道，坏了。

后来是她不顾丢人，自己端着杯鸡尾酒过去搭讪，又互相加了微信好友。他不太爱说话，侧脸有点像金城武，但是要非常仔细、加上适量的灯光和酒精，才能看得出来。他给的名字像个假名，从来不发朋友圈，工作、学历、家境，统统不详。

就这样，王茸还是义无反顾，和他谈起了恋爱。

班里玩得好的同学、出版社的前辈、去健身的 Gay 密都替她不值，几个自封的备胎更是咬碎了牙——王茸又好看又聪明，怎么莫名其妙地，就跟了这来路不明的一个男人？王茸，你到底是喜欢他哪一点？

这个问题，她自己也认真想过。分析来分析去，她所喜欢的，无非就是他的与众不同吧。他身上就是有那么一股气质，跟普通人截然不同，甚至跟王茸自己，也完全不同。

不过，无论再怎么喜欢，她终于还是受不了了。

最近半年以来，他总是神龙见首不见尾，发微信不回，打电话不接；

*Suddenly want
to confession*

十天半个月，冷不丁地出现一次，也不提前约，只是在校门口静静等着，总把她吓一跳。问他这么多天去哪了，干吗了，他面无表情，任她捏脸捶胸，硬是一句话也不说。

这样的男人，哪里靠得住？要不就是心里根本没她，要不就是已经结婚了，平时要照顾家庭，偶尔溜出来跟她约会。

总之，一定要跟他分手。

除非……除非，他能给出个合理的解释。

王茸想过，就他这副鬼样子，说不好是个特工，或者潜入黑社会的卧底什么的。哪怕他是个杀手，只要愿意跟她坦白……

想到这里，王茸深吸一口气，加快了脚步。

今天可真冷，就跟认识他那天一模一样。

“王茸。”

一个熟悉的声音在身后响起，没有任何感情，不像是在叫女朋友，反而像是老师在课堂上点名。

王茸回过头去，当然是他。

他还是那一身黑色的风衣，站在一棵树后，把烟头扔在地上，用脚尖踩灭。

王茸站在原地等他，他不紧不慢地走过来，他总是这一副德行，就像在这个世界上，没有什么事情值得他快走两步。

“我们……”

王茸话到嘴边，又改口道：“先去吃饭吧。”

他点了点头：“嗯，好。”

Suddenly want
to confession

晚饭照例是他订的,一间人均 800 元的高级馆子,这大概是他为数极少的优点之一。虽然身上没有一件名牌,也从没见他开过车,但是每次约会,无论多贵的消费,从来没见他心疼过。也正因为如此,更加深了王茸的怀疑——他从事的一定是某种不适合公开、但挣钱很多的职业。

终于吃完了饭,王茸鼓足了勇气,准备摊牌:"我有话要跟你说。"

他却抬起头来,一把抓过她的手:"我也有话要说。"

王茸皱起了眉头:"那你先说吧。"

他直勾勾地看着她:"王茸,不如我们重新开始吧?"

果然!他不是特工就是个杀手,不然怎么会知道她要提分手,并且抢先一步?

迎着他真挚的眼神,她心里怦然一动,差点就要答应他的要求。

不行，不能这样。

她抽出手，正色道："重新开始也可以，不过，你先要老实交代……"

王茸看着身边走过的侍应生，压低音量："你到底是干什么的？"

他用右手食指挠了挠头，似乎有些犹豫："说出来怕吓到你。"

她冷哼一声："别担心，我早就做好了心理准备。"

他皱起了眉头："真的要说？"

她认真点头："必须说，这次你再也别想蒙混过去了。"

他用力呼了口气，无奈道："好吧，那我就告诉你——我和你们不是同类。"

王茸第一反应是想笑："你的意思是？你不是地球人，是外星人？"

Suddenly want
to confession

他想了一会儿，斟酌道："我是地球人，不过，也是外星人。"

王茸双手抱胸，往椅背上一靠："什么又是地球人，又是外星人，你到底想说什么？好，你说你是外星人，那你有超能力吗？能不能飞到天上，还是让时间静止？表演一下我看看。"

他耸了下肩膀，一本正经地说："前几次会，觉得没什么意思，所以这次不会。"

王茸实在受不了他的胡说八道，站起身来就往外走。

他却追了上来，一个不让走，另一个偏要走，两人就这么僵持到了餐厅外。奇怪的是，里面好几个侍应生，却没一个跟来盯着结账。

外面天已经黑了，很冷，就跟一年前，认识他的那天一样冷。

王茸有点想哭："你要么说清楚，要么让我走，别再欺负我了！"

他松开手，叹了口气，像是终于做了决定："好，我说。"

他伸出手来，越过街灯，指着天上的某一个方向："你看得见吗？那里，对，那一块，那就是我出发的星球。"

还是这一套！胡说八道！王茸心里很生气，但决定给机会让他说完。

反正是最后一次了。

他舔了舔嘴唇，开始长篇大论："可惜，那个星球现在已经毁灭了。说得确切一点，是被外星文明，砰，把小半个星系都炸掉了。所以我的同类都灭绝了，在这个星球上，我孤身一人。外星人降临之前，我们很早就得到了消息；我们知道打不过，但想尽了一切办法，想要苟延残喘下去。有个很厉害的科学家，他断定外星人是通过熵，呃，怎么说呢，是通过一个星球上的物质的有序程度，来判断这个星球是否具有智慧生物，所以他想出了一个办法。"

王茸冷笑道："编得不错嘛，比我那个科幻作者，叫蔡必贵那个，

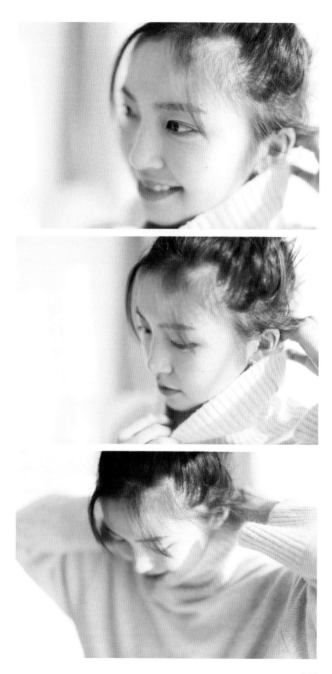

编得好多了。"

　　他的谎话被揭穿，却一点也不生气，继续往下说："在这个唯一的希望下，我们集全星球所有人力物力，造了一百艘超光速宇宙飞船，还有一百台量子计算机，然后分别发射到邻近星系的一百颗行星上。这些量子计算机，可以进行大量的模拟运算，从而增加这些荒芜的行星上的有序度，我们希望以此来迷惑外星人，让他们误以为这些就是想要攻击的目标，以此来躲过一劫。"

　　说到这里，他深深叹了口气："可惜，计划最终失败了。外星人的科技比我们想象的还要发达，我们的母星，连同大部分飞船发射到的行星，全部都被毁灭了。不过宇宙里，还有幸存的几台量子计算机，至今仍在不停收集能量，进行模拟运算。"

　　王茸简直想给他鼓掌："好棒的创意，只不过你漏了一点——忘了给你的星球起名。"

　　他闭上眼睛，表情有些难过："不用特意起名，它的名字是……"

他睁开眼睛，直视着她："地球。"

一瞬间她有些慌乱："地球？什么地球？跟我们的地球同名？"

他嘿嘿笑了起来："没有别的地球，地球就只有一个，人类文明的母星，可惜运行到 2350 年就毁灭了。"

她几乎就要被吓到了，幸好在最后一刻，重新找回了理智："胡说八道！地球要是毁灭了，我们现在是在哪？"

他挠了挠头："我们啊，在第 67 号目标行星，仙女座 U 星 ab，距离地球大概 44 光年。"

王茸脑子里电光闪烁，她努力想笑，却发现自己快哭出来了："你、你别这样，我答应你不分手，不要再吓唬我……"

他叹了口气："太迟了，你还是等我把话说完吧。从地球上发出的每一艘宇宙飞船上，都有一个变成数据储存的人类意识，用来操纵飞船

和量子计算机。我是编号 67 的宇航员，当然了，被上传的时候我的肉身已经死亡啦。更可惜的是，我还在路上的时候，地球已经被外星人毁灭了。"

王茸开始瑟瑟发抖。

他用右手食指揉着左手掌心，做着奇怪的动作："来到这鸟不拉屎的仙女座 U 星 ab，地球完了，只有我还活在量子计算机里，而且这该死的东西，设计寿命有好几万年。没办法，我只好用当时设计好的程序，不断给自己创造新的世界，然后活在我创造的新世界里。我试过当古代帝王、当超人、当一只史前的三叶虫，但试来试去，还是当一个 21 世纪初的普通人类最好玩。算起来，这是我第九百六十一次模拟了……"

他耸耸肩膀："可惜，在这次模拟里，作为一个普通人，我没办法让时间倒流。这次模拟出来的世界，我只喜欢你，但你现在不喜欢我了，我也想了挺久，决定还是重新开始吧。"

王茸绝望地摇头："不……"

她发现身边的景物、行人、车辆，包括自己的身体，都变成了一些微粒，向上飞去，朝空中的某一处聚集。

意识，也渐渐失去了。

在荒芜的仙女座 U 星 ab，一台被灰尘掩埋的巨大仪器，不断闪烁着红光。

红光突然变绿，一个毫无感情的声音响起："系统重启。"

文字：青春映象节文学导师　蔡必贵　作品
图片：青春映象节摄影导师　邹大橙　作品
模特：Miss Q 校花　王　茸

摄影师　邹大橙　　　模特　王茸　　　扫码观看
　　　　　　　　　　　　　　　　　　　王茸视频短片

勇敢爱

1.

"你脑子有病？"

龙盘踞在山顶，山顶有云雾，龙须飞舞，打了个哈欠。

"你不是龙吗，龙不就喜欢抓小姑娘吗？现在我来了，你开不开心？"

女孩提着那条她唯一的裙子，笨拙地转了一圈。

"我不养宠物，而且你那条裙子好丑。"

"你就让我待一阵子好不好，我就住几天。"

"我没东西让你吃。"

"我自己带了！"女孩从兜里摸出个馒头。

"你他妈有病啊。"龙吼。

女孩垂下肩膀，悻悻然走下山顶，眼泪珍珠一样洒落，她耷拉着脑袋像是一条在雨里迷路的小狗。

龙叹息："你晚上不打呼噜吧？"

"我就知道！"

女孩欢呼起来，又觉得似乎不妥，微微行了个礼。

"我姓马，叫马希尔，你叫我希尔就好。"

"我管你叫什么，科科。"

龙扶摇而上，遨游天际。

2.

"你这人挺有意思的。"

龙挪了个姿势，云海在怀中。

"世上的凡人都怕龙，只有你不怕，还自己送上门来。"

"我不怕。"女孩托着腮，拨弄着池子里的金鱼："我知道龙不吃人，书里看的。"

"不怕？我会强暴你。"

*Suddenly want
to confession*

"我们生理隔离。"

"我会幻化，我可以变成刘德华。"

"不喜欢刘德华。"

龙愣了愣，无奈改口："为什么要待在这？"

龙说这龙莲山什么都没有，我在这一千年，只有云山雾罩，高山流水，很无聊的。

"我等一个人呀。"

说到这里，马希尔的脸上氤氲出两坨红云，像是酒醉微醺。

"泸州城的林少侠与我是两小无猜。"

"你们在一起多久？"龙饶有兴趣。

"三个月！"

"小姐那不叫两小无猜吧。"

"怎么不是，和喜欢的人在一起，一天就是一辈子。"女孩学着书里的话："反正我们一直就很好，本来……本来……"

她低下头，踩着脚下草叶："本来我们要大婚的。"

"哦。"

龙翻了个身，闭上了眼。

它不需要多问。

毕竟如果你真的大婚了，又怎么会在这。

3.

"你知道泸州城有屠龙的传说吗？"

马希尔折了根树杈捏在手中，哼哼哈哈地比画。

"我知道。"龙在空中游弋，声如天雷："泸州城有一帮傻帽，你可不要学他们。"

"林少侠说了，就算他要娶我，也得让我家里人心服口服，所以他让我先来这，他很快就会来救我，只要能把我从龙嘴里救下来，他就是那个什么……什么……"

"屠龙大侠。"龙叹。

"好难听。"马希尔皱了皱眉，又笑了："反正只要这样，我家里人就不会反对了，怎么样？是不是很机智？"

"他让你来的？"

"对啊。"

"你测过智商吗？"

"什么是智商？"

"所以你跑过来，就是等着心上人来把我做了？"

"放心吧老铁！不会真的做啦！"女孩拍了拍龙尾巴，"就是做个样子，你假装死了就行，重点是救我，不是屠龙，你的明白？"

"可我演技很差的。"

龙仰头长叹，龙息吹开云海。

4.

"希尔姑娘！我是泸州刀客吴大刀！今天是来救你的！"

络腮胡的大侠冲进来，挥舞着门板一样厚重的铁环刀。

"如果这些人从小和你两小无猜，你跟不跟他们走？"

"但这些人不是啊，林少侠才是。"马希尔扒着栏杆，一门心思眺望着泸州城。

龙扫了扫尾巴，吴大刀摔飞出去，抛下山顶化作一颗流星。

"希尔姑娘！我是幽州剑客欧阳潇洒！今天是来救你的！"

"你觉得这个怎么样？"

"不潇洒。"

龙点了点头，拨开爪子，欧阳潇洒四分五裂。

"希尔姑娘！我是少林天僧方太，今天是来……"

"希尔姑娘！我是武当……"

"希……"

尸体很快就在山下垒成了个小丘。

"你的林少侠到底还来不来？"

"一定会来的。"女孩低下头，刘海遮住眼睛。

"来个屁。"龙腾云乘雾，钻入云中。

它素质真的很差。

5.

"你生来就是龙吗？"

马希尔坐在山顶的大石上，给自己泡了杯桂花茶。

"生来就是。"龙梳理着鳞片。

"你有喜欢的龙吗？母龙什么的。"

"没有。"

龙的眼睛是金色的，带着一点深渊的黑，它凝视着女孩。

"龙没有感情，龙只是活着。"

滚烫的吐息吹过女孩手中的茶杯，咕嘟嘟冒着热气。

"谢谢，我喜欢热的。"马希尔用勺子搅拌均匀，"那你有爸爸妈妈吗？"

龙不说话了，指甲叩打着脑门。

"你生蛋吗？你平常不吃素、维生素平衡吗？你……

"够了！"

象牙粗的龙齿悬浮在女孩头顶。

"你哭什么？"龙皱眉，尽管它没有眉毛。

"不知道。"马希尔捂着脸，"你陪我聊天好不好。"

"陪你聊天？科科。"

山顶的云散开，露出一轮近乎透明的日光，女孩坐在那，像是在等什么人，可那个人也没有来。

"好啦，我平常会吃点西兰花，补充维生素。"

6.

"孽畜！我乃泸州大侠林知秋，今日就要取你首级！好叫你不得祸害百姓！"

在那个早晨的山道上，有人提着一柄白银雕花的长剑穿透了氤氲晨雾。

如今他提剑自守，昂扬正气，终于站在了女孩与龙的面前。

龙歪了歪头，他觉得这个人的话里错误百出，首先龙并不是什么孽畜，其次它这辈子都在山上养老，懒得祸害凡人，最后……

他也没有说自己是来救那个女孩。

"林少侠！"马希尔噌地跳起来，看起来并不是很在意这些细节。

她在这里太久了，久到长发过了腰肢，大概是营养不良反倒显得身材更加苗条，只是脸上有了点菜色，好在她机智地弄了点牡丹粉抹在脸上。

"啊，希尔？你还活着？"

"废话！你忘啦？我们的计划！"马希尔挤挤眼，"我被龙抓走啦！"

"看得出来。"

"林少侠你能来救我，我真的好开心。"

"看得出来。"

"龙好危险的！"马希尔掐了把龙腰，如果它有的话。

"哇哦，我要吃人。"龙的语气很麻木。

"可恶啊，我这就杀了你！"

林少侠一剑飞仙，剑锋划开一道完美的弧光，斩在龙的眉心，龙愣了愣，大概没料到此人还真有些本事。

却已经晚了，刀锋刺破龙骨，龙尚不及反应，鲜血涌出龙嘴，死蛇一般沉沉翻过去。

"我成功了！我成功了！"

林少侠欢呼，舞了个帅气的剑花。

"你成功了！你成功了！"

马希尔扑过去，林少侠愣了下，很有礼貌地推开。

"希尔，时候不早了，没事的话你快回家吧。"

"我不要，你现在是屠龙大侠了，我家里人再不会看不起你了，我们可以大婚了！"

"希尔，你先回家，回家再说。"

林少侠从龙身上掰了块龙鳞，美滋滋地走了。

山顶的雾气盘踞汇涌，像是一片海，淹没了那个发呆的女孩。

"我演得怎么样？"

"像真的一样。"

7.

"你不去看一眼吗？"

龙俯视着女孩，它全身的鳞片透着一股冰冷的光。

夜晚的天云下，有一条蜿蜒的火河。

那是林少侠迎亲的队伍。

屠龙大侠，要当驸马了，他杀了龙，成了英雄，却不是要娶一个小员外的千金。

"是不是因为找太傻了？"

马希尔坐在山边的树上，流离的风吹着鬓角。

"我没有智商。"

"你们只有三个月，你就当是朋友好了。"龙轻轻地说。

"可我喜欢他。"马希尔低下头，"书上说，喜欢一个人，每一天都是一辈子，我爹老让我看书，书里写的不会错。"

*Suddenly want
to confession*

龙腾空而去，激起一片雷云大雨。

"喂！你去哪呀！"

"我他妈去把那个写书的吃了！"

8.

龙叼着书生的尸体回来，却找不到马希尔。

那个女孩走掉了，她说好只待几天，却在这住了一年，她说她等一个男人，可那个男人来了又走了，到最后，山顶上又只剩下一条活了一千年的老龙。

龙想起那个雨夜，女孩拎着她全部的衣服踩着水坑登上山。

"你好哇，龙！"

她真的没什么智商。

"傻帽。"

龙将那具尸体撕成条状，摘了头去了屁股，一口塞进嘴里，嚼了很久又吐出来。

妈的，龙不吃人。

"傻帽。"

这一句却不是骂那个女孩。

9.

帝都有九重关，关内有王城。

执甲的卫兵们架着那个灰头土脸的女孩，眼前一尊铜鼎，翻滚着沸水。

公主是个心很小的人呀，台下的大臣们耸了耸肩。

哪怕是三个月的朋友也容不下，帝国的精锐在泸州城的龙莲山下，找到了驸马爷的旧相好，于是千里迢迢地捉来，要把她烹杀。

公主说："我的男人只能爱我。"

驸马说："天下的男人都只能爱你。"

他们站在五丈高的黄金台上，像是一对伉俪，居高临下地俯视那个女孩，她被绑在鼎边，大叫："林少侠！"

"她在喊你。"

"她是谁？"林少侠依偎在公主怀中："我都不认识她。"

女孩忽然大笑。

"她笑什么？"公主瞪眼。

阉竖们战战兢兢，不敢说话。

"她笑什么！"

"回公主的话，她在笑……笑……"阉竖匍匐在地，"笑您没有她漂亮！"

"杀了她！就现在！"

卫兵们扛起马希尔，想要扔进沸水之中。

那是一道忧郁的光影，从中却燃起滚烫的火焰，从没有人见过这样的龙，它从天而降，与天争锋。

有人说龙只是活着，没有感情。

他们不知道这条龙，脑子有病。

"你不是屠龙大侠吗？！到底怎么回事？！"公主踢翻了林少侠。

"回夫人，它……它是另一条！"

"啊……原来是个丑女啊。"龙歪着头，打量公主。

"杀了这条龙，杀了它！"

龙席卷而来，雷云吞没了王宫，锯齿一样的鳞片撕碎了卫兵的铠甲，它攀在金銮殿的顶上，喷吐着焚风。

"我去你的。"

这条龙素质真差，凡人般嘀咕着。

10.

　　带血的头颅飞出去，那是公主磨盘大的脸，死前怒目圆睁，好像还在说，杀了她，杀了它。

　　"孽……孽畜！我乃泸州大侠林知秋，我……我……"

　　"哇哦，我要吃人。"龙的语气比上次还要麻木。

　　它卷了卷舌头，林少侠白银雕花的宝剑脱手而去，割去马希尔的绳索，落进马希尔的手中。

　　"如果我从小和你两小无猜，你跟不跟我走？"

　　"我们生理隔离。"

　　"我会幻化，我可以变成刘德华。"

　　马希尔扑哧笑了，长剑寒锋斩去齐腰长发。

　　发丝随风飞舞，只剩下一双灼灼的眸子。

　　她走向林少侠，林少侠跪在地上，他说："希尔……我决定了，我还是想……"

　　剑破苍天大地，锋过碧海丛林。

　　曾经有一个人，他要你去找龙，你去了，他说要来救你，你等了，你什么都做到了，却没有得到那个结果，你以为喜欢一个人，每天都是一辈子。

可有人不喜欢你，一辈子都不喜欢你。

"原来书里写的，真的不能信。"

林少侠的脑袋飞出去，和公主成双成对地落在一起。

"老铁，我们走吧。"马希尔拍了拍龙尾巴。

"去哪呢？"

"回山顶，看你变刘德华。"

龙叹了口气，它抓着女孩腾云而去，龙游九天，九天之上一片云海。

"我骗你的，我只会变郭达。"

女孩愣了愣，笑声响彻山谷。

文字：青春映象节文学导师　朱　炫　作品

图片：青春映象节获奖摄影师　徐八喵　作品

摄影师　徐八喵　　模特　肖睿

Suddenly want
to confession

Suddenly want
to confession

确幸遇见你

仲夏午后，暴雨总是说来就来。几分钟前还热闹的街道，没多久就被大雨赶没了人影。面包店里一个顾客都没有，只剩下雨点在噼啪敲打着玻璃橱窗。

一个小女生推门走进来。"老板！请问，"她拨了拨刘海，看看周围没人，才小声问，"听说，吃了你们家牛角面包，打游戏会变得超级厉害？"

我哑然失笑："你还真信啊！"

"唉，"她挠头，"我真是笨。"

"怎么了？"我问。

"他，"她脸上微微有点红，"他们，老嫌弃我打游戏太菜，觉得

Suddenly want
to confession

Suddenly want
to confession

带我玩很累，所以……"

"啊！能理解，"我笑道，"其实喜欢一个人，不一定要老想着赢他的。给他带好吃的也很重要！比如我家的面包就超级好吃。"

小女生扑哧一声笑了："是呀！我们女生玩游戏都很菜，还是好吃的比较靠谱。"

"不，不会。男女都一样。"我摇头，"曾经，这一带学校最强的玩家，就是一个女孩子。"

"真的？"她瞪大眼睛。

当然是真的。没有那个女孩子，说不定就不会有这家好吃的面包店。她的名字，叫宋丹黎。

在我刚念大学的时候，爸妈很认真地告诉我，如果我非要开一间面包店，就得自己找钱去。当然，我要是认认真真念书的话，学费他们还是会照付的。

当时本地最有名的电竞俱乐部 F-Stars 正在大肆宣传未来的大学生选拔赛，冠军战队奖金将会有好几万元。我不知天高地厚，满以为自己能打到决赛分一杯羹，然后开面包店的钱就有了。

兴致勃勃地找到学校里的电竞社团，报名参加。一场热身赛下来，领头的女生直摇头："这个菜鸡顶多青铜组水平。你姓蔡，就叫你蔡青铜吧。"

我就这么认识的宋丹黎。

那时候，在学校里大老远就能听到她的声音："喂，这不是超级菜的青铜组选手蔡青铜同学嘛！"

每次她这样跟我打招呼，都有人在旁边偷笑。

"我早就不是青铜玩家了！谁一辈子没菜过？"

"我这么菜，怎么好意思和你在同一个战队嘛，不然咱们散伙好了？"

设想过很多种语气反驳宋丹黎，但遇到她的时候，总是不自觉绷紧了脸，什么话都说不出来。真是讨厌这样的自己。

我开始拼命练习。当时我最大的愿望，就是能在比赛里打出MVP成绩，然后像李小龙踢碎东亚病夫的招牌那样，对宋丹黎摆摆手指：

"不，要，叫，我，蔡，青，铜！"

一字一句，要掷地有声。

但是无论我如何努力，始终还是和她差了十万八千里。

"就知道玩一样的角色，蠢，不懂得迂回，笨，一根筋刚正面，智障……青铜玩家！"每次坐在她旁边，她的吐槽就从没停过。

无法反驳，我的游戏天赋确实不算太好，宋丹黎却是职业级选手。她只在心情好的时候随便玩几局，就算这样，已经能直接跻身最高级别的王者组了。据说有好几支职业战队正在联系她。我练习了这么久，在

*Suddenly want
to confession*

她眼里却依然是个上不了王者的菜鸡。

我确实是一根筋啊！否则，这时候我应该好好去打工为面包店攒钱，而不是坐在这里拖着她打练习赛。为什么非得跟她过不去呢？只因为她天天嘲笑我吗？还是对拿冠军分奖金仍抱有一丝希望？

又或许，我只是想向她证明点什么吧。

一天散场的时候，宋丹黎突然问我："喜欢打游戏的女生是不是很奇怪？"

"这有什么好奇怪的，喜欢做面包的男人难道很奇怪吗？"我说。

"还真的挺奇怪的。"

"……"

"主要是，面包吃起来不都一样吗？为什么会有人喜欢做。"她问。

"会这么想，是因为你没吃过好的！"终于找到机会狠狠嘲笑她了，"小时候我也这样的啦，什么面包都吃。后来大伯去欧洲出差，带了一家老店的牛角面包回来给我，我的世界就被彻底颠覆了。好面包吃起来原来是这样的啊！那时我就想，是不是长大后可以开家面包店？不是吹，这些年我下了功夫的，光是牛角包，我手艺就能碾压这条街。"

"有目标的人生真好呀！那你为什么还在这儿打游戏？"

"这……"我支支吾吾，只好把对 F-Stars 选拔赛奖金的想法交代了。宋丹黎差点没笑岔气。

"别幼稚啦！这是个团队游戏，那个奖不是你们这群菜鸡能碰的。"她说。

"去打啊，"旁边的人起哄，"F-Stars最近不是在组女子战队吗？你如果进了俱乐部，一定是里面最漂亮的妹子啊！"

宋丹黎翻了个白眼："打个游戏还比起来谁好看了？当我什么？酒桌上陪笑的？什么狗屁Stars，不打不打！"

宋丹黎说不打，那整个社团肯定没戏。我快快地放弃妄想，老老实实去街角的KFC打工攒钱。

超级菜的青铜组选手得滚回去做面包了。

打工的日子，时间过得飞快。睡醒就是干活，忙完回学校，走在路上天已经黑了。我一块钱一块钱地抠下来，没过小半年，居然能买得起一台便宜的烤箱，接着再租下学校边的小隔间作工作室，这样一来，只要在网上接订单，我的面包店计划就可以开始启动了。

一切真是太完美了，我可是要成为中式面包王的男人！

第一个礼拜，接到的订单数：零。

第二个礼拜，仍然没卖出去一份面包。面包放太久可能会坏掉。

就这样瞎鼓捣了整整一个月，每天只睡三四个小时，销量却丝毫没

Suddenly want
to confession

Suddenly want
to confession

有起色。夜晚一天比一天漫长，天天梦到被宋丹黎痛骂菜鸡。

果然还是不行吧！我老把事情想得太天真了，这么惨淡下去，没多久就得背上一屁股债。

所以，不如见坏就收，好好念书去。

但转念一想，毕业以后又能做什么呢？进入一家三流公司，跟着三流老板混日子，每天早出晚归？在地铁上挤成面团的模样，也许挣到的不过一份三流的工资……越想越可怕，难道连自己的人生，都菜得像个青铜组玩家一样吗？

实在是很不甘心。

就这样一天天耗下去，眼看着就快付不起租金了，放弃的念头在我心中越来越强烈。一天傍晚，我请电竞社的朋友们过来帮忙收拾收拾，准备过段时间关门大吉。也怪平时太疏忽，这么久只顾着自己的事，竟然把他们给忘了。为了感谢大家帮忙，我把早上烤好的牛角面包端出来一起吃。宋丹黎还是老样子，完全不懂得客气，端过来就吃。

"牛角包居然能好吃成这样！"她叫道。

其他人咬下第一口时也都露出了讶异的表情。

"你们是没吃过更好的。"我说，"在烘焙界，我顶多算中下水平，和王者组选手比还差得远。你们现在的反应大概跟我第一次打游戏比赛

差不多。"

"已经很好吃了呀！为什么会卖不好呢？"宋丹黎问。

我挠挠头，"也许你以前说得对，很多人会觉得面包吃起来都一个样吧！我打游戏菜，生意也什么都不懂，做事完全凭着冲动来，于是搞成这样。真的很羡慕你这样的天才型选手。"

朋友们都附和着笑笑。有人拍拍我肩膀，看起来是想说点安慰的话，又不知道该说什么才好。

宋丹黎沉默了一会儿，突然说："算了，我就告诉你们吧。其实，我平时都偷偷开小号玩，练习时间根本不比别人少……所以根本不是什么天才选手。"

"小号？"

"……对，我的 ID：'我是青铜别杀我'。"

所有人大笑。

"我就说，你不想进 F-Stars 应该是嘴硬吧。"我说。

"嗯？"

"就算是做面包，也会幻想有一天能像《日式面包王》漫画里那样，到东京最好的面包店 Pantasia 去比赛，试试身手。有天赋的人，一定会想和更优秀的人较量才对呀！你身边的对手都太弱了。"

她没有说话，望向窗外。身后是朋友们的笑闹声，外面，夜色正悄

悄覆盖黄昏。我看见飞鸟的影子在楼宇间穿梭，寻找自己的枝丫。

　　"喂，蔡青铜！很多人对面包的了解也是青铜水平，没吃过好的。给别人留个机会吧。"我记得那天宋丹黎的最后一句话。

　　好呀，我说。

　　第二天，宋丹黎突然宣布社团要参加下周的 F-Stars 选拔赛。

　　"为了荣耀！"宋丹黎振臂高呼。

　　我倒是很想说台下掌声雷动，但整个电竞社加起来也才不到十个人……所以，大家只是稍微鼓掌意思意思就好。

　　"你不是一直看不上职业比赛吗？"有人问。

　　"喔！我以前是觉得，打职业的女生总被当成花瓶看，就是给阿宅们意淫用的。打不好没关系，会撒娇就行。就算打得好，也一定是'男人带上去的'。我不想被当成那种人。"

　　"不爽就去把那些男的打趴下嘛。早点想通不就好！"

　　"嗯，所以为了体现一个高端女玩家的不屈意志，我决定雄起，率领本社杀出一条血路，为万千女性玩家赢得她们应得的尊重……"

　　"说句人话行不行？"

　　她指指我："我们打个名次把奖金给蔡青铜，让他天天做牛角包给我们吃。"

　　台下掌声雷动。

Suddenly want
to confession

不过，事实正如宋丹黎之前所说的那样，职业比赛不是我们这群菜鸡能够染指的。选拔赛打到十六强，我们就给刷了下来。

　　但是宋丹黎依然一战成名。本地各个媒体纷纷报道此次选拔赛上某超强女玩家带着一群菜鸡队友拼死抵抗住一波又一波的进攻，最后虽败犹荣的故事。

　　记者："队友这么坑，换别人早放弃了，你还能撑到十六强，简直不可思议。你的动力到底在哪？"

　　宋丹黎："呐，那个最菜的，他做的面包超好吃。想到这个我就有动力了。"

　　随后，宋丹黎叼着牛角包露出甜美笑容（装出来的）的照片便抢占了各个媒体的头条。

　　没多久，附近的大学生都开始传言，吃了蔡青铜做的牛角包，打游戏可以上分。

　　最初这不过是网上胡编的段子，大家当笑话听听也就算了。但渐渐地，竟为我的网络页面增加不少人气。所以，即便我们的垃圾战队没有打出名次拿到奖金，托宋丹黎的福，面包店居然维持了下来。

　　一年过去，周边学校都知道有这么一家小面包店，我就索性到街上租了个铺面，生意也一天比一天好起来。

　　比赛结束后，很长时间没见到过宋丹黎。有人说 F-Stars 努力招揽

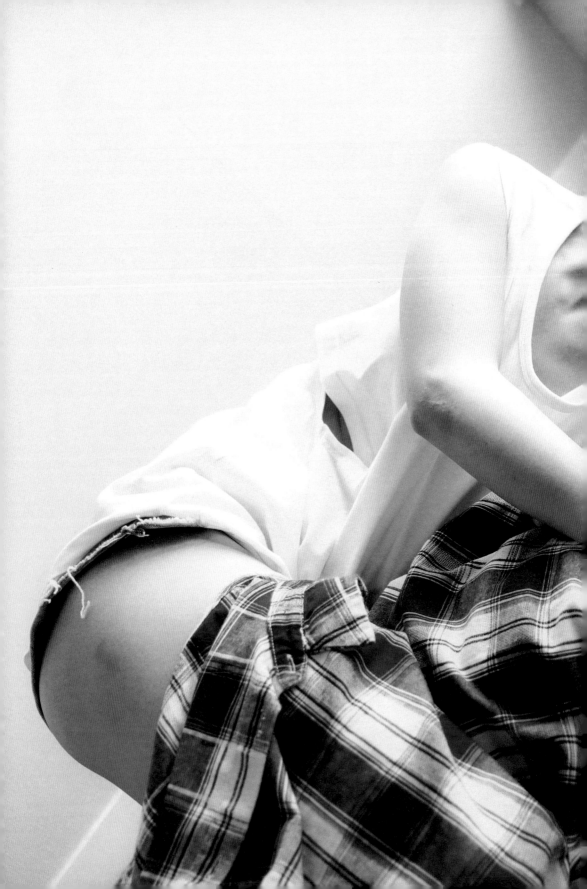

到她，正在封闭训练；有人说她签了别的城市的战队，在休学备战。但我猜想，以她的性格，一定是在鼓捣些更了不起的事情吧！说不定，哪天还会在电视上见到她。只是，不知道她会不会还记得，曾经有个菜得不行的青铜组玩家经常缠着她打游戏？

不知怎么，竟有点想念被她天天敲头骂菜鸡的时光。

但现在，我们各自都有了更重要的事需要努力。

"喂！这不是超级菜的青铜组玩家蔡青铜同学嘛！"

有时候，特别想听到有人在街上这样叫住我。

喂，宋丹黎，很想告诉你，我的人生已经不是青铜组水平了，而且我做的面包比以前更好吃。

你也要加油，宋丹黎。

文字：青春映象节文学导师　韦　跃　作品
图片：青春映象节摄影导师　余晶晶　作品
模特：Miss Q 校花　宋丹黎

摄影师　余晶晶　　模特　宋丹黎　　扫码观看
宋丹黎视频短片

Suddenly want
to confession

Suddenly want
to confession

爱你就像爱生命

1.

所有人都说我前座的姑娘是个怪咖。

大热天，三十九摄氏度，她依旧围着围脖，穿着长衣长裤。

但是我并不觉得。

因为我看到她围巾没遮住的伤口里，张狂散射出的皎洁月光。

2.

前座的姑娘叫张梦露。

她是 ·个气质出挑的姑娘，即使扎着简单的马尾也充满了活力感，这样的姑娘周围自然充满了关注，而我则是关注者之一。

吸引我的不是她的美貌，而是她不为人知的秘密：她是刀枪不入的。

起因是一次凶狠的抢断，那天我在操场踢球，穿着钉鞋肆意践踏着松软的草皮，而她正巧横穿草坪。我起身放铲球员，整个身体如同出弦的箭，失控地直接刺向她的脚踝。本以为她脚踝会应声断裂，我却吃惊地发现，她铁打般的两个脚踝直接顶碎了我的小腿。

我哭爹喊娘地被送进医院，不科学，这太不科学了。她却轻轻拂去脚踝上的灰尘，同担架上的我挥手作别，还眨了一下眼。

这就成了我们二人的秘密。

3.

自从得知她的秘密后，我开始偷窥她的生活。

我在她的位子上放了两个图钉。

从落座的那一刻，一直到下课都没挪过屁股，我都怀疑她屁股是否连接了一个异次元，能把某 baby 的演技和某凡的 freestyle 都吸的一干二净，恶作剧这种小把戏，更不在话下了。

我求知欲极浓，随之我在她的饭菜里加了十勺辣椒，一份土豆丝盖饭泛着地狱的光泽，我确定就算是四川人吃了也会跳脚骂娘，但是她视而不见，与闺密嘻嘻哈哈地看完了一集中国有嘻哈。

终于有一天，她的超能力让她声名鹊起：一对小情侣困在火场中，她脱下外套，推开消防员闯入火场，如同关二爷一般对旁人说去去便回，顷刻便提着两位凯旋回来。

火焰肆虐，在她身上跳舞，却伤不得她分毫。

4.

刀枪不入这点真的很绝。

出院的我被她请客赔罪，我坐在张梦露面前，看着她用指甲将一份牛扒切开，送进秀口之中，她似乎懂我将要说什么，一撇嘴。

"餐刀刺不着舌头的,你放心。"

我遗憾地叹了口气,一抬头见到食堂一片躁动,一个穿白色连衣裙的姑娘被一个穿着考究的年轻人送上鲜花,姑娘捂住嘴巴,大大的眼睛弯成月牙,她软声软语地问道。

"你要干什么呀?"

我听到张梦露的咀嚼声停止,那个白色连衣裙姑娘似乎感应到我们的注视,看向我们,对我们微微一笑,她侧了侧头,顽皮地吐了吐舌头,那一瞬间我有些窒息。

我喜欢这种款。

我本来以为大学中不会再有喜欢的姑娘,可那一瞬我突然觉得被爱情金箭射中,一见钟情。我呼吸急促,张口结舌,红着脸打算对着张梦露说几句,可我看到她的表情只好放弃了打算。

年轻的男孩子支支吾吾地说,我要求婚!围观群众起哄道,跟谁求婚啊!小伙子说我要跟谢雨馨求婚!

大点声我们听不见!

谢雨馨你嫁给我吧!

谢雨馨点点头,起哄的人们一瞬间尖叫起来,混乱中年轻男孩子给她戴上了求婚戒指,也不知道是多少克拉的,只不过在那一刻,我心脏猛然抽搐，突然听到了细碎的响声，似乎坚硬的瓷器在我面前碎掉。

我四处寻找着碎裂声的来源，直至我看到刀枪不入的她脸上露出了绝望的神情，那响声正是从她心口传来。

她心口的皮肤炸裂出巨人的裂缝，薄薄的夏装下，伤口投射出阴冷惨败的月光。

5.

我难以接受张梦露刀枪不入，更难以接受她居然为个女孩子心碎。她在校园里穿起长衣长裤，千方百计遮住身上的伤口，她独来独往，如同一匹舔舐伤口的狼。

于是我偷窥的名单里多了那个叫谢雨馨的姑娘，每次当我看到她，就会想起张梦露而不禁腹诽。像是烂俗剧一般，一片痴情的张梦露总会出现在谢雨馨的左右，而谢雨馨却熟视无睹。终于那天张梦露偷窥着上自习的谢雨馨，我偷窥着张梦露，谢雨馨推开书，猛然扭头看向了张梦露。

我替她由衷地尴尬，却见谢雨馨笔直地走来，走到我面前，熟练地搂住了我的胳膊，如同多年的情侣般自然地娇嗔。

"中午吃什么啊？"

这种相识多年似的幸福感让我一窒。

"你……不是同意那人的求婚了吗？"

谢雨馨又侧了侧脑袋，眨了眨大眼睛。

"什么求婚？我们不是男女朋友吗？"

前座的张梦露心碎声噼里啪啦，似乎为我们鸣起了鞭炮。

她没有解释，莫名其妙地成了我的女朋友。

这突然来的好事冲昏了我的头脑，我根本不明白那日她被求婚的后续，每天都沉迷在温柔乡里的我除了要避开同学的艳羡，还要躲开张梦露杀人的目光。谢雨馨哪里都是最好的，唯独记性差了一些，前一天刚说的事情，往往第二天就忘记了。但是这并不会让我对她的爱减少几分，有她就够了。

我们每天大段大段的时间泡在图书馆里，日头东升西落了无数次，她说她想考个好岗位，可是一天天复习下来，她却越学越少。我闲极无聊，从书架上随便翻出一本书，那段日子我便沉迷在书里。我在空荡荡的图书馆里打开书，耳边只有雨馨的笔摩擦纸面的沙沙声，还有微不可察的叹息。

"其实这世界上只有一个电子，不同时间不同空间的投影，造成了它无数个分身。它孤单地沿着时间正轴向终点跑去，到了尽头便折返回来。它不断地循环往复，永不停下。"

"如果把人的一生比拟为电子，那么人这种可悲的三维生物在度过一生后，在死亡的那一刻又将一生慢慢回溯，再从人生起点出发时，所有记忆归零，届时誉为新生，可是这不过是人生再一次重复罢了。"

我看得心惊不止，一抬头，张梦露满身都是伤口地经过，月光毫不吝啬地照向整个图书馆，冷冷清清的光芒如同霜一样。

6.

我与谢雨馨的感情日益升温。

局势也在一瞬间谤转，现在变成我一抬头就能看到张梦露满身伤痕地偷窥着我们，像是个变态一般。那天我终于忍不住，把张梦露拉到了墙角。

"大姐你是不是喜欢我。"

她轻蔑地哼了一声。

"那你喜欢谢雨馨？"

她面色惨淡地点了点头，月光星星点点地落在我脸上，我颇为同情地点了点她的伤口。

"我不知道雨馨乐不乐意多个女朋友，但就你现在这个身体条件，就先别想着别的了。再不补补可能真要变成人渣了。"

她看了看身上的伤痕，从胸腔最深处涌出了一声叹息。

"怎么补？"

我被她没头没脑的一句给问住了，我哪儿知道怎么补？旋即我就要离开，她突然拉住了我的衣袖。

"跟她分手吧。"

她一脸真诚又卑微地看着我。

"我求你。"

我怜悯地看着这个卑微的女人，甩开她的手，对于败者没有一丝同情。

7.

随后的日子里，张梦露再也没有出现。

而我和谢雨馨的感情越发炽热，她的忘性越来越大，她收拾起书本，走出图书馆，我们开始在城市里四处游荡。她在公交车上枕着我的肩膀睡着，长长的睫毛沾染着阳光的碎屑。她求来护身符，希望我和她能天长地久。

我对她的依恋如同一颗种子扎进心脏，落地的一瞬就在肥沃的土壤下生根发芽茁壮成长。我设想过我们的未来，我们要在大城市里蜗居，要有我们的孩子，我们说好要一男一女，我们白头偕老，一起在炉火旁打盹，直至生命终结。

那段日子每天都呼吸得到爱情的味道。

我第一次想要跟这样一个人度过余生。

"你开心一点呀。"

谢雨馨笑着撇撇嘴，"不过是过山车嘛，是不是男人啊你。"

这是我们第一次玩过山车，马路上车来车往，路那边的过山车上传出瘆人的哀号。我胆怯地摇了摇头，谢雨馨气鼓鼓地瞅了我一眼，扭过头大步地走向马路那边。

"雨馨！"

反悔的我打算叫她停下，车流如梭中她美丽地回眸，笑嘻嘻地对我回头，下一刻一辆失控的汽车就向她撞去。

噒。

张梦露猛然出现，她满身缝隙如同精密的甲胄，散射出无数月光，夕阳下她如同一条银鱼，笔直地挡在了雨馨面前。

她皮肤四处飞溅，像是雪一般洋洋洒洒落在我的面前。

从张梦露破碎的皮肤下，我看到了一张脸。

是面容悲恸的我。

8.

太阳东升西落。

大雪消融，回到天上；黄叶长满枝头，渐而翠绿。

谢雨馨问我何时带她去游乐场玩儿，她渐渐地不记得我们做过的事情，我们的感情变得冷静又生疏。

Suddenly want
to confession

我感觉到这个世界的怪诞，我生活的世界开始变得不清晰，我惊恐，尖叫，四处逃窜，可以往狭小不堪的校园变得横无际涯，我跑累了跌倒在地，突然看到张梦露继续出现在我的面前，她浑身皮肤即将崩碎。她如同一团握不住的光芒，对着我叹气。

"你终于醒了。"

"你是谁？"

"我是你。"

我突然照镜子一般，看到我自己的脸变幻出无数表情。

我给你讲个寻常的故事。

一个男人对一个女人一见钟情，他们情投意合，但是因为女人有更好的选择，毅然决然地放弃了男人。男人对她念念不忘，但是还是听到了她要结婚这一消息。心如死灰的他于是臆想出了一个人格，刀枪不入，水火难侵，在她婚后的大火中，能救下心爱的女人。

"你就是那个人格。"

我看着张梦露的脸，她点了点头。

"事实的结尾是什么。"

我从她的眼睛里看到了冲天的火光，满身烧伤的男人躺在草坪上，奄奄一息，月光照在他的伤口上，带来阵阵寒意。

"事实的结尾是，这一切是你濒死前的幻觉。"

9.

我想起来了。

我是个普通的大学生，凭借着绝好的运气追到了身为校花的她。从我爱上她的那一刻起，我就无时无刻不担心着会失去她。我祈愿过无数次，在无数个铁索桥上锁上同心锁，再将钥匙扔入河中。我问过无数次，她是否爱我。

她从未答应过我。

我偏执地相信陪伴是最有力的告白，我坚信只要我对她好就够了，我可以为她挡住车，替她骨折住院一个月，我可以为她毫不吝惜地献出生命。我陪着她上过无数次图书馆，终于她考上了更高的学府，我为她开心，却满面死寂地听到她欢喜地跟别的男人告白。

"终于我们可以在一个学校，一起生活了。"

我不相信啊。

直到那个男人满心欢喜地在食堂跟她求婚，他英姿飒爽，她娇艳欲滴，郎才女貌，所有人都为这对璧人叫好。我突兀得像是一条无家可归的流浪狗。

　　那一刻，我这颗坚定的心碎了。

　　他们结婚了。

　　他们花好月圆。

　　我的珍宝丢了。

　　那天他们的婚房失火，火势太大，他们困在火场中。我看着她尖叫，义无反顾地冲进火场，火舌舔舐着我的皮肤，所有对她的爱让我刀枪不入水火难侵。我浑身焦煳地把他们提出火场，所有舔舐我的火苗，如同烧干净阿喀琉斯身上的凡人血液的天火，烧干净了我身上所有爱她的心。

　　我不欠你了。

10.

　　这世界最会开玩笑了。

每个人都后悔不能重来，可在濒死的那一刻，我却站在了人生的分岔路口，是坚强地活下去，面目可憎地新生，还是所幸死掉，永远活在有她的记忆里？

　　如果时间倒流，你还会爱上她吗？
　　回到从前的第一面，你还会为她心动吗？
　　你会选择坚强地活下去，满身烧伤地新生，还是死亡，一遍又一遍地活在你们的记忆里？

　　我拼命地奔跑回谢雨馨面前，时间在不断地倒流，我满脸涕泪地回到了我们见面的第一天，她婷婷袅袅地走进教室，这一刻是我们记忆的最初。她笑着对我点头。
　　"同学你好。"
　　张梦露几近虚无，她跪在我背后拼命磕头。
　　"求求你放过自己吧。"
　　"我放不下啊。"
　　我满眼泪水，偏执地抓住她的衣角。
　　"我怎么能放下她？她来的时候还是一颗种子，可这么多年了，她在我心里生根发芽，连根拔起时心都空了一大块，她怎么就嫁人了啊。"

"凭什么啊，陪在她身边的是我，能为她去死的也是我，为什么我要爱得如此卑微啊。"

"我不甘心，我好爱她。"

我痛哭地抓着张梦露的手，所有我们的回忆不断地回溯。

"可我再也没有勇气活下去了。"

张梦露在说话间倏然消散，散落成一地月光，我又回到了谢雨馨嫁人的那一刻，她巧笑嫣然地看向我，似乎从未与我分离。

我喉头涌动地鼓起掌，我已准备好迎接西西弗斯的酷刑。

去有她的世界里，再活一千万次。

文字：青春映象节文学导师 时已戌 作品
图片：青春映象节摄影导师 薛小白 作品

摄影师 薛小白　模特 静静陛下

陪伴是最长情的表白

【6 岁】

老街尾的两家人，隔着窄窄的小巷，一家花开两家香。

侯家有个男孩，陆家有个女儿。

巧的是，两个孩子同岁大。

街坊邻居打趣，说这是多大的缘分，该定娃娃亲。

两家大人自是笑笑，邻里和睦不假，孩子的未来还是顺其自然吧。

6 岁的侯廷与 6 岁的白天琦成天形影不离，他们总是在拌嘴，可是没一会儿又和好。

没有隔阂，两小无猜。

世事烦忧，不入心头。

两个孩子只是尽情欢快地生活，无忧无虑。

他们的眼里，对方的存在多么理所当然，天真烂漫的岁月，一去不复返。

【17岁.初夏】

白天琦自修到所有人都走了，开始起身慢慢收拾书本。

回过头来，却看到最末座的死猴子喝着牛奶笑嘻嘻地看着她。

你干吗啊？

陪你咯。

白天琦一愣，脸一下红了，谁要你陪啊！？自作多情！

我也不想的啊，你以为我闲得慌啊，还不是你妈。谁叫我们住得近啊，你妈跟我妈说你最近自修总是回来太晚，附近有夜市人有点杂，外面又黑怕你有危险，送了我一箱牛奶让我晚上陪你回家……

兹——啊，喝完了，味道还不错，嘿嘿。

Suddenly want
to confession

白天琦一听，翻了个白眼转身就走。

喂，你别走呀，等我一下，啊，对了，作业借我抄一下呗。

抄你个头啊，我走了！

喂喂，等我一下啊，又不是第一次抄你作业了生什么气啊……

【23岁.冬至】

失恋第十五天。

满桌的垃圾食品，考研试卷，已经五天没出门的白天琦眼神涣散，
对着电脑发呆。

看着电影中情侣的温馨片段，白天琦的眼泪静静地流淌。

咚咚咚。

白天琦木然地打开门。

哒哒哒哒，惊喜吧，出差顺路经过你这，肚子突然疼了，借个厕所
用一下啦。死猴子嬉皮笑脸。

上完厕所死猴子一脸神清气爽，从书包里拿出一串香蕉拔下一根咬在嘴上，把剩下的递过去。

这个，对身体好哦。

好你个头……你洗手了没?

喂，我又不是原始人。啊，这个房间有股诡异的味道哦。

你管我。

哼，我才懒得管。 死猴子本能地打开冰箱，抽出一罐牛奶，哇，还是这个牌子好喝哈。哟呵，还有不少材料嘛，还算新鲜，别浪费哈。要不本大师给你露一手嗯哼?

你会做菜吗?

瞧好了您呢! 你把桌子收拾好等着刮目相看吧!

半小时后，看着满桌闪闪发光的饭菜，白天琦说不出话来。

别待着啊，吃吃看呐!

我怕死。

你妹啊!

Suddenly want
to confession

白天琦试着尝了一口真是好吃，可是她就是不想夸他。

怎么样忍不住想赞美我了吧，嘿嘿，我做菜那不是吹牛，绝对御厨的水准。死猴子摸着后脑勺得意地笑。

也就这样吧，沙县水准。

不傲娇会死啊！！！

吃着饭，死猴子一个人讲相声一般说起了高中同学的近况，自己老妈的糗事，吐槽最近看的脑残电视剧，自己捧哏，自己逗哏，说到搞笑的地方自己先笑得前俯后仰了。

哈哈哈哈哈哈哈，你说搞笑不搞笑。

你还没说呢……

哦……那我接下来就说，哈哈哈哈哈哈哈哈，不行了，真是太搞笑了！

……

白天琦看着这没头没脑的死猴子，他好像从小到大都是这么没心没肺的，活得那么开心，真好。

为什么自己烦心的事那么多呢？高中烦心高考，现在烦心考研，工作，恋爱……好像从出生到现在，自己似乎从未有过一种扎实稳稳的安全感，一切都会变，一切都要努力去争取，好累。

白天琦我跟你说哦，昨天我在办公室午睡，放了一个巨响无比的屁，为了避嫌我马上站起来大喊，我靠谁放的屁这么响！然后坐我背后的胖子一脸无奈地说，大哥你就别装了我这都起风了！

哈哈哈哈哈哈哈哈！白天琦突然好像被点中笑穴一般大笑不止，笑着笑着眼泪就掉下来了。把自己抱成一团捧着肚子一边流泪一边大笑……

这个好笑，这个好笑。白天琦边笑边哭，看得死猴子傻了眼。

身子突然被紧紧地抱住了，死猴子前所未有地严肃道：

别死撑，还有我陪你。

白天琦安静了下来，过了一会儿。

那个……我鼻涕擦你西装上了……

喂！！！

【29岁.暖春】

新婚前夜的晚上，老同学聚在一块，不胜酒力的死猴子喝大发了在跳钢管舞。

白天琦捂着脸无奈又好笑。

这就是你那个从小一起长大的邻居吧，果然跟你说的一样很有趣哈。准新郎在白天琦身边偷偷说。

你去接待你的朋友吧，我好久没跟他们聊聊了。白天琦说。

女生们逐渐告辞，白天琦对众男生交代看好醉大发的死猴子后也准备回去了。

谁知道醉到二的 n 次方的死猴子看到她离开的身影突然大喊道：

白天琦你别走！

众人吓一跳，纷纷望向死猴子，带着看戏的期待眼神。

死猴子摇头晃脑，却无比清楚道：

小区前面黑，我陪你走……说完傻乎乎地跑过来推推白天琦的肩膀，跟紧咯！

白天琦愣住了，随即又笑了。

他们走在回家的小路上，路灯灯光让白天琦又想起了高中时跟在自己屁股后面护驾的那个臭小子。

Suddenly want
to confession

死猴子晕晕沉沉，嘴里却迷迷糊糊哼起了歌……

白天琦，你等等我，走慢点啊，走我旁边好吗，那，借你个手，免费的哦。

就这样，陪你走下去……好吗？

这一刻，她前所未有地体会到了，某种错过的美好……

【17岁.死猴子】

死猴子听着歌，眼睛却一直盯着白天琦的马尾，脑袋随着马尾的方向左右摇晃。

笔记本里，白天琦的背影被画了无数次。

忽然间白天琦站起了身，死猴子连忙拿起牛奶放在嘴边，身子靠后一副悠然样。

死猴子！你干吗啊！

陪你咯。

耳机里，是循环了一晚上的

等你爱我。

爱我。

哪怕只有一次也就足够……

文字：青春映象节文学导师　小岩井　作品
图片：青春映象节获奖摄影师　JOKER 学长　作品
模特：Miss Q 校花　白天琦

摄影师 JOKER 学长　模特　白天琦　　扫码观看
　　　　　　　　　　　　　　　　　白天琦视频短片

Suddenly want
to confession

我的云端情人

"你完美、真实得不像是一个活人。"

黑胶唱片33转，唱针在黑色轨道上规律地转动，新奥尔良的单一拨弦低音由低渐扬，他想起了绿皮车驶进山洞的那种感觉，光孔在远处渐渐消失，只剩下心跳。那是趁着明暗之间的亲密接触，唇边上留有余香。

黑暗中他想起了谁曾说过的那一句话。

所有的对象与生存法则都是供需，只是市场与受众不同，这是经济。

是村上隆？樱桃LV、农业、艺术、精品。

诡异的组合，大卖的保证，流行的经济学。

爱情例外。他想起她。

飞到 2 万英尺上的女孩因为长期缺氧与无法脚踏实地，她睥睨、她学会捕捉。

还是樱桃 LV 实在一点。

过时了！我出清几个到二手店去了。

2 万英尺上的她了解何谓经济，而且市场也了解她们，出于本能。

智慧、美丽、性格开朗的经济系学生。

她知道自己要什么、会是什么。

"你完美、真实得不像是一个活人。你是女神。"

停下的唱针自动举起摇回起点，他累了；绿皮车出了山洞，轰然地转进了岔道。

蓝色的天空，是北京许久不见的朋友，白色的床单在风中摆动，初洗的味道带着淡淡的地中海迷迭香，那刚丢到海上的漂流瓶也许就快到谁的脚边了吧？蓝色、白色与迎面的徐徐微风，叫人很难不对未来抱点期待、抱点幻想。

他在计算机前，22 英寸的显示屏上显示着你有一个漂流瓶，捞起来。

他迟疑地点下，网子机械似的伸了过去，缺乏洋流的拉扯与瓶子本身的抵抗，瓶子毫无趣味地跟着海草被网子捞了上来。

打开，一行简短的字。

"你喜欢经济学吗？"是个女孩的随手一丢。

这是比较不同的打招呼方式，他想起了2万英尺空中的她，她拿起了话筒看着自己："滑梯舱门解除，机组组员请就位。"

不知道为什么，后来她跟自己面对面坐着时，看着女孩不安地双手拉着略短的裙摆，他突然就想认识她，也许那种打招呼的方式很特别吧？

等什么时候，自己不再坐飞机了，开始学会了早上跑步，学会喝着加冰的Bourbon，听桃乐丝·黛的浑厚嗓音与看着窗边上的一条喷射云发呆，心中的那个人或是自己已经离开了。

她一边切开面包、一边抓食面包的一角，心中有着一种微小而真切的幸福感。

村上春树的文字写着自己的心情，他哑然失笑，经济学？

他流利地打下了四个字："也许喜欢。"

按下了黑键，瓶子被丢入水中往回漂流。

张嘉希，你知道"博弈理论"吗？

知道，这个理论的提出人：约翰·纳什最终得了诺贝尔经济学奖。

那你知不知道他个人的生平故事更厉害？后来还被拍成了一部电影叫作《美丽心灵》？我告诉你，那电影是罗素·克劳与詹妮弗·康纳利演的，这家伙事实上是一个有着精神分裂性格的人。

传播系的闺密摔开书、撑着头，躺在床上对着下铺的自己挤眉弄眼地说着，她对经济学的理解估计仅止于此，这绝对不是"博弈理论"打动了她，而是罗素·克劳之前那掺杂邪恶的好男人形象与大胸肌让她不由自主地想一探究竟。

不过提出"博弈理论"的纳什事实上是个数学家，诺贝尔之所以没有设立数学奖，是因为有传言数学家抢走了他的最爱。

"是吧。"

她微笑着做出反应，手机"叮"的一声，一个信息出现，那个丢出的漂流瓶回到了脚下，细沙与海水在脚上来回冲刷。

"也许喜欢"几个字与微信号从瓶中跃出，这是谁？

女汉子的她有一丝的羞赧，更多的是担心被闺密发现自己还停留在这种爱做梦的年纪，她这个年纪与长相的女孩应该是美甲、美食、美貌的现实组合，自己老觉得跟不上这种脚步；知道自己的心中住了另一个人，这个人不定时地跟自己微笑，上午的天空蓝让自己有着逃脱与想象的冲动，这瓶子是那个人丢出的，不是自己。

她拿着手机踌躇地想着，最终按下了这几个字：

"喜欢经济学的什么呢？"

寻觅的 52HZ，那是抛回瓶子的人；像洄游一样，这个瓶子开始在温暖与冷冽的洋流之中来回漂流，期盼反响的孤独叫声终于等到了这一天。

人与人之间的认识不需要太多的过程，擦肩回头也能成为恋人，世界上唯一联系彼此的只有缘分，情深缘浅，幕然回首，或许就在星空之下等爱。

距离是种美感。

与 52HZ 谈心没有负担，这比起与系上、校内、偶遇的那些男孩子聊天更让自己放松，毕竟在这些男孩身上看到的更多的是紧张感、耍帅或是闻到一股汗水中的荷尔蒙或是烟草味，那是股雄性象征的引诱，只可惜她并不喜欢这种味道的混合，单一、纯粹或许比较适合自己。

她张开双臂用力呼吸，那海风的咸味、空气中淡淡的迷迭香，那一天在希腊天空下，另一个自己的率性所为，让她心存感激。

什么时候，自己在早上跑完步、喝着加着冰的 Bourbon、听着桃乐丝·黛的忧伤与看着窗边上的一条喷射云发呆时，心中却开始挂念起了一个人。

Suddenly want
to confession

空间距离是种猜测（你会在哪里？），时间距离是一种臆想（你在做什么？）；当思念串起了这两者，距离就成了测量寂寞的回音。

　　地中海的风吹来蒲公英的种子，捎来一个玩笑口吻的回答。

　　"你能用不一样的方式写出你的观点吗？"

　　她回复他，会用不一样的方式呈现自己的期中报告，那会是一种古典与现代交会融合的集成；难道……亚当·斯密与凯恩斯要见面了？她促狭地决定要让 52HZ 的低鸣变成尖叫，生命除了阳光、空气和水之外，总是需要一点不一样的刺激。

　　一方端砚，缕缕墨香，正襟危坐准备提笔写字的她身后出现了三个戴着有"我登上长城"字样的斗笠、跳着搞笑广场舞的同寝室女孩，三人嘻嘻哈哈地边跳边笑岔了气，她扑哧一声也笑了出来。

　　"你们三个太搞了吧？"

　　"你才搞呢！谁听过写书法交报告的？你要这样干就该配这个！"

　　她笑着拿起自己的斗笠，用毛笔写下了个"魑"，然后帮她们在斗笠上一一写下了"魅""魍""魉"；漂亮娇艳的少女、青春无敌的女孩就是天使、就是精灵、就是鬼怪来造福或是祸害人间，四人疯了般在寝室内大唱大跳，恰似千百年前那长城篝火旁的热闹，人生一回，何苦留白？

他愕然地看着她传过来的这些图片，这里面有着老师张大嘴，与自己现在差不多的神态表情，还有着几十张用着漂亮楷书写成的报告，娟秀的字体写着她对于古典经济学的理解。他抓抓额头，自己永远搞不懂年轻女孩子的想法，如果她只是想搞怪，那么她成功了，她想引人注意，那么她也成功了，市场经济不就是靠的营销吗？他又抓抓额头，大脑皮层没有给自己更多的启示。

52HZ 收到那些图片了吗？他是发出 10 倍的频率尖叫还是干脆闭嘴往下潜去？她撑着头看着窗外，灰蒙蒙的天气看不清、穿不透一丝干净的阳光，她想，是不是该跟他见上一面了？

距离的存在是为了保持神秘。同时间的他也这样想着。

拉近距离，她决定先从调整景深着手。

绘画与拍照是同一个概念，只不过后者随手可得，而前者需要临摹或是心境，虽说自己习画已久，但是鉴定师说一幅画从画风与取景就可以看见一个人的性格，也对，一粒沙中都能看见一个世界，更何况一幅画？所以她决定拍照，记录生命中的春夏秋冬，就算世界被他一览无余，那也是真实的自己。

幻想，有时候比现实更真实。

他看着她发来的照片，他陷入一种焦虑，文字的美与空间被饱满的图像取代，这世界不再以文字沟通，我们会走向不真实却又真实的未来。

"这是我的生活，你呢？"

他用手指一下下地翻着这些照片，这些照片中充满着少女独有的视角与想象，那些温暖、可爱、不知所云的花鸟猫狗、美食与景色，这是暗示吗？ 52HZ 你的身边只有蓝，深邃的与清澈的、纯粹的与污浊的，52HZ 你是不是该游上岸？让巨大的尾鳍幻化成一双可以迈开步伐的腿，好好看看这世上的一切？最终也许你会失望地成为气泡、消失在苍穹之中，或是你会入世，成为我镜头下的一个身影？

他陷入深思。

"叮"一声，回复来了。

她紧张地打开了这些图像，她吃惊地看着。

这些图片全部是从飞机舷窗往外拍的画面，有些图片内还带有飞机翅膀的尾端，窗外都是那片蓝，只有白云不同，如一片海的云、如绵羊的云、如柳絮翻飞的云，原来你是一个旅人。

"我知道了，52HZ 是一头会飞的鲸鱼。"

她给 52HZ 下了一个全新定义，因为只有 25000 英尺以上的鲸鱼才找不到朋友，这一大片的蓝与白是他的独享，也是他的寂寞。

这回答超乎想象、超出预期，少女行为果然是一门深不可测的科学。

她的转变也引起了传播系、法律系与文学系的紧张，毕竟经济系的大脑组成与他们不同，"为赋新词强说愁""法律之前人人平等""讯息传送与接收相关的所有活动"的拼贴也无法说清楚她的改变。

唯一解释，基于女性的敏锐与少女的同理心："她恋爱了？"

给的是疑问句，因为女汉子的她、外放活泼的她、多才多艺的她是四个人中唯一没有相关经验的绝对少女，但是当爱情来了的时候，谁能知道那叫爱情？谁又能清醒地抵挡？

她觉得她可以。

双方约定不要互相发照片、微信上的信息中也不准看到对方的身影，这点两人倒还挺守规矩的；却也因为都没见过，她对他抱着更多的好奇与想象，这个喝着加冰 Bourbon、听着桃乐丝·黛的他会是个什么样的人？天秤座的她陷入了要与不要的摇摆之间，理智与感情彼此拉扯着，她想放下，却又不想失去这个可以谈心、可以倾诉的 52HZ，她相信他也是。

他确实是。

在计算机前的他，看着屏幕就会想着这女孩的模样，哪个学校经济系的她会用书法写出古典经济学？她还会拍出一堆好看的、不带景深的照片，她还可能是个学霸、并且有着一个古灵精怪的头脑与无尽

的想象力？

她应该是个美女。

想象已经成了欲望，欲望成了动力。他开始加长晨间跑步时间，回来后半个小时的高强度锻炼，他锁起了酒柜，唯一留下的只有桃乐丝·黛，而桃乐丝如同老妈妈，用着低沉的嗓音带出了时下年轻人最爱的戏剧、音乐，只为那不期而遇或是偶得一见，他必须先做好万全的准备。

命运是一个恣意而为的顽皮孩子，玩弄之后就一走了之。

这是真正的海边。海风、浪花、金黄的沙滩与青春的欢笑，四个女孩子穿着各有特色的泳衣，她们是海滩上最亮眼的一群，她趴在浮板之上顺着海潮漂荡，双手划开那一片的湛蓝，看着海水从指缝中流逝，她放开浮板纵身下潜。

造物者的光穿过了水面，在一片深蓝的水中变化着不定的光影；这是这世界永远的静寂之处；漂浮其中，你只听得见自己的心跳。

湛蓝深水之中她睁开眼望向四周，远远地一个黑影游了过来，那是一头巨大的座头鲸；她看着它游过来接近自己，带着一双寂寞的眼，她伸出了手摸着那被覆盖的身、那巨大的鳍。

"是你吗？"耳边传来一阵低沉、带着感情的声音，有如天籁。

Suddenly want
to confession

"52HZ？！"

"终于见面了……"52HZ 声音变得高亢，充满喜悦。

当我们保持距离时，我们可以无所不谈，但是当我们面对面地互望，我们却忘了如何开口 say hi。

两相无语，52HZ 优雅地转过身下潜。

"52HZ？！"

巨大的身影再次从黝黑的海底往上冲，那巨大的双鳍似一双有力的手捧住了自己放在了他的背上，52HZ 持续地往上冲、他们跃出了水面，天空蓝似乎就近在咫尺，52HZ 张开了双鳍，他们准备飞翔。

"砰"的一声巨响，他们跌回那深邃的蓝。

他失望的眼神看着她，她知道 52HZ 尽力了，天空蓝是永远触摸不到的那一块，就像伊卡洛斯（Icarus）的渴望最后却与光同为灰烬、落回凡间。

"我知道，生命中总有期待、总有失望，但是我们至少尝试了。"

一道穿透水面的光线照在了 52HZ 的身上，造物者似乎在暗示着她，她就要引导着 52HZ 去另一个世界了。

"不！"

她大喊着紧抱住 52HZ，但是一股引力轻易地就把自己与 52HZ 给断然分开；那牵引的水流让她不由自主地转着身，她双手摆动、挣扎着转回头望去，52HZ 已经不在眼前，四周只剩下她孤零零的一个人。

"52HZ？！"

她大声地喊着，泪水与海水混在了一起，她看着水中那最后一道光线慢慢地消失，而他痛苦地、孤单地缓缓游进了那无止境的黑暗里。

太阳依然炫目，失落的她抱着浮板走回沙滩，她与焦虑的他彼此擦肩而过，两人之间只有 5 厘米的距离，那微笑的座头鲸的公仔随着他的背包晃动，对她无声地说了再见。

披着浴巾的她拿起了手机，双手飞快地按着，她想告诉他刚才所发生的一切事情，她突然好想见他，因为她忘了跟他 say hi、也忘了跟他说再见，她焦急地看着手机，漂流瓶能在茫茫大海被你捞起，那么这直接的对话你却看不到，听不见吗？

她抹了抹眼眶，这是海水，不是泪水。

深夜，他把新手机接上了电源，海边的一个不小心让他失去了与外界联络的渠道，他身处人群却强烈地感到愤怒的孤单，只因为她说今天她会去海边，她希望能够碰到 52HZ……

你失望了。桃乐丝·黛悠悠地唱出了心碎的曲，直立在海中的52HZ 看着海面上幽暗的光，他的生命已经不能重来。

几个月后。

手上一张绿皮车的往返车票，这是从京城开往山里面的一列怀旧兼赶集用的慢车，他登上了车，没有目的，没有期待，就当是对自己人生的一个留念。

车上的人不多，也不对号，他站在车厢尾端看着铁轨在后方不断地消失、变化，经过每一个岔道时所发出的轰然声音都让他脚下为之一震，她还好吗？原本以为能忘却，但是在一个人的时候却又会想起她，他哑然失笑，距离确实带给人更大的伤害、未曾忘怀。

几个女孩子叽叽喳喳地也挤到了后面看着车尾外的景色；青春无敌，原来的寂寞也瞬间烟消云散，看起来这是个大学闺密的旅游团。

"张嘉希，山里面的农村市集调查也能写篇报告？你们念经济的也太搞了吧？"

"你会不会还用毛笔写报告？"

"要的话那我们大家就一起再跳一个啊！"

众人哄笑，他吃惊地看着那个背着相机的女孩，这女孩干净、漂亮，有着甜美的气质，正如自己想象中的那般。

"张嘉希。"

他露出微笑。火车鸣笛驶进了山洞之中。

52HZ 张开双鳍从黑暗中游出，游向那一片蓝与白的纯净之中……

HER，我的云端情人。

文字：青春映象节文学导师　潘志远　作品
图片：青春映象节摄影导师　微澜 Mag　作品
模特：Miss Q 校花　张嘉希

摄影师　微澜 Mag　　　　模特　张嘉希　　　　扫码观看
　　　　　　　　　　　　　　　　　　　　张嘉希视频短片

*Suddenly want
to confession*

后来

1.

到毕业典礼那天，我和黄佳佳在一起 3 年 3 个月 15 天。

临近毕业的那段时间，黄佳佳不知道受了什么刺激，一直说："刘非凡你只想着自己去什么城市，做什么工作。你从来不问我怎么想，你他妈的就没考虑过我。"

那段时间我一直没想好要怎么给黄佳佳证明，即使我对全世界狼心狗肺，对她一定是爱得死去活来的。

直到毕业晚会那天，我一把抢过正在煽情主持人的话筒大声喊："黄佳佳，我爱你，我要娶你！去你妈的毕业就分手！"

Suddenly want
to confession

喊完以后，现场氛围达到高潮。大家都在台下起哄大喊："嫁给他嫁给他！"

我眼神落在最角落的位置上，看到了台下的黄佳佳，眼睛红红的。

我心想，我都快感动哭了，你还不哭。

我又喊道："黄佳佳，欠你的告白老子补上了！老子的未来一定有你。"

台下的黄佳佳扶了扶自己的眼镜，眼神飘忽不定。但直到我下台的时候还没哭。

我走到她旁边，小声地说："大小姐你今天的泪点真高。"

黄佳佳忽然一下抱住我喊着王八蛋，然后一把鼻涕、一把泪地把我的白衬衫污染得一塌糊涂。

毕业晚会结束以后，我们像脱缰的野马一样刹不住自己。

我们整个宿舍都带着家属一起去学校门口的烧烤摊撸串。

那天晚上大家都喝得很多，聊得最多的就是大学里的肆意妄为和一些没有去做的遗憾。

不知道是为了纪念我们一起度过的四年，还是为了逃避接下来要面对的现实。

我拉着黄佳佳走了出去，去烧烤摊。

那天晚上月亮很圆，我搂着黄佳佳。

"黄佳佳，我拿了一个北京的 offer，感觉那个公司蛮不错的。我挺想去的，你愿意陪我一起吗？"

"当然不。"

我眼神错愕地看着黄佳佳，又一瞬间理解了她："也是，大家都有各自的未来。"

接着黄佳佳拍了拍我的肩膀："能不愿意吗？哈哈哈哈。"

"黄佳佳，你有种别跑！"

2.

那天晚上过后的第三天，我和黄佳佳带着两个 24 英寸箱子，从济南站坐了 7 小时火车硬座来了北京。

到了北京已经是晚上 10 点。出了火车站，站前广场上人来人往，

184

天上挂着一轮圆圆的月亮，我坐在箱子上拉着黄佳佳的手问她：

"黄佳佳，北京的月亮圆还是济南的月亮圆？"

"当然是济南……不圆了。"

"哈哈哈哈哈。"

那天晚上我们赶上了最后一班 15 号线。我带黄佳佳去了五道口附近的一个日租房，88 元一晚。

白天我和黄佳佳去找房子，顺便去一些不要钱的景区逛逛。

晚上回来的时候都是一些热血青年的嗯嗯啊啊。

我搂着黄佳佳躺在床上。

"黄佳佳你说，现在的年轻人怎么火力这么强劲呢，从早到晚根本不停。"

"可不是吗，比你厉害多了！哈哈哈。"

"呵呵，黄佳佳，厉害了你。"说完这句话我就起身关了卧室的灯。

3.

　　到了北京的第四天，我们终于在青年路附近找到了一个不收中介费的隔断间。

　　每月 1500 元、押 1 付 2、不到 10 平方米。电费宽带还得自己单独付。

　　屋子里极其阴暗，没有阳光，不开灯和晚上没什么区别。

　　只有一张 1.2 米左右的单人床和一个锈迹斑斑的电脑桌。100 平方米的房子里住了 8 个人。

　　和房东签合同之前，我们俩互相翻了对方的书包，把两个 24 英寸的箱子翻了三四遍，生怕漏过一元钱。把支付宝、微信、QQ 钱包里的所有钱提现。

　　最后我们一起凑了 5104 元，交完 4500 元的房租和 60 元的宽带还剩了 544 元。

　　安定下来以后，我去了那个给我 offer 的公司。薪水实习期 3500 元，转正后 6000 元。我开始拼命工作。

　　黄佳佳在各大招聘网站广撒简历，她开始拼命找工作。

　　我每天加班到晚上 11 点，回家的时候看见了奔波一天，一脸疲倦的黄佳佳在床上坐着等我。

Suddenly want
to confession

那时候我就感觉家里有一个人等你真的很好。

4.

这样过了一周，我工作上已经基本熟悉，黄佳佳也找了一份助教的工作，每月 3000 元。

我们俩每天在一张比单人床宽 0.3 米的床上抱着、为了省钱不吃早饭晚饭、连套都用那种学校门口防艾宣传的套。

周末的时候为了省钱也不出去，就和黄佳佳窝在床上看下载的视频。

那段时间我们很苦很累，但我们活得很开心。

到月底的时候实在是没钱交无线了，又舍不得用流量看视频，那天我搂着黄佳佳在阳台看着天上的月亮。

"黄佳佳，跟我在一起苦吗？"

"苦。"

"那他妈的还不跟我分手。"

"但我很开心啊！"

我看着黄佳佳，一下搂过她摸着她的头，看着窗外的月亮。

那时候我就感觉黄佳佳是我这辈子最不该辜负的人。

5.

"佳佳，你爸出事了，在医院做手术。你赶紧回来一趟。"黄佳佳的妈对着电话说。

我知道这个消息以后，立刻给黄佳佳订了当天的机票。1680元没有任何折扣。我们将近半个月的生活费。

后来黄佳佳回去了以后给我发了一条消息告诉我大致情况是这样的，她爸生病只是她妈骗她回家的借口。她回家的时候她爸正和人一起遛鸟呢。

发完这条消息以后，黄佳佳手机不接，短信不回，微信、QQ……所有的联系方式都没有再回复过我。

直到五天后，我收到了一条黄佳佳的信息："我们分手吧。"

"好。"我愣了1分钟，回了她。

就这样我们分手了。

没有撕心裂肺，没有要死要活，甚至没有见面，只是很平静地发了个短信。

5个字结束了我和黄佳佳的恋情，3年9个月28天的感情。

其实我很理解黄佳佳，爱情不是闹着玩，不是打游戏，更不是毫无目的的坚持。

黄佳佳走的那天。我在隔断间的小阳台上搬了一个板凳。

习惯性地看向天空，却发现天上没有月亮，我身边也没有你。

文字：青春映象节获奖作者　吕白 Alex　作品
图片：青春映象节获奖摄影师　KK-leeeee　作品

摄影师 KK-leeeee　　模特 何颖琪

Suddenly want
to confession

Suddenly want
to confession

你能带我回家吗？

1.

一辆出租车在开往机场的路上濒临超速地飞驰着，引擎飞速转动的噪声和司机耳边不断催促着加速的声音，一直到机场门口，车终于停了下来。

司机师傅似乎也有些惊魂未定，连连喘着气，过了片刻，才让坐在后面的我和那个哭得一塌糊涂的女生下来。

她提着半人高的行李箱，脚步踉跄地往入口走。我捂着快要吐出来的胃，走到垃圾桶旁准备释放下快要崩溃的灵魂，就听见身后猛地传来急促的刹车声。

*Suddenly want
to confession*

接着，一个脚下生风的男人，从我身边掠过直接走到女生面前，女生面露恐惧，立刻拉着行李箱往入口处跑。男人脸色阴沉，不管不顾地拽着她就往自己的车里拉。女生拼命挣扎喊着让他放手，两个人就在人来人往的机场门口开始了撕扯。

男人就像听不到一般，更加加大了拉扯的力度。

我低头看了眼自己的小身板，又看了眼足有一米八出头的男人，犹豫一分钟，抡起书包就朝着男人的头砸了下去。

两个人都愣住，目光齐齐转向我。男人眼神悲戚地看着女生："芝芝，闹够了吗？"

叫芝芝的女生甩开男人的手："我要离开这里，离开你。"

"你能去哪，你连朋友都没有！"

芝芝想到什么一般，突然冷笑，把蹲在地上捡书包的我扯过来："你看清楚，她就是我的朋友！"

我一脸蒙圈地抱着书包，默默地心疼里面的薯片，估计全碎了，在芝芝的眼神示意下，点点头："我叫乌戈，是芝芝的朋友。"

对，是朋友。是一个小时前碰巧拦了一辆出租车，并上演速度激情时认识的朋友。

男人眼睛紧紧地盯着芝芝："和我回去，这些事再也不会发生。"

芝芝也不死心地回瞪着:"顾瑜,你再不放手,你能带走的只有尸体。"

顾瑜向后退一大步,看着面前这个心意已决的女人,一时间也不知道该说什么,转过身,手扶着车门没了动静。

也就是愣怔间,我被芝芝拉着走进机场入口。在自动门关上前,我看见顾瑜高大的身躯蹲在地上,身体似乎在抽动,而旁边的芝芝也是满脸泪水。

芝芝看着我,指着外边的顾瑜:"我这辈子最不能离开的是他,最该离开的人还是他。"

是不是太爱一个人,爱到再没有什么拿来爱的时候,就一定要分开?

2.

芝芝是个正宗的西藏姑娘,父母去世得早,跟着奶奶一起生活,从记事起便与牛羊为伴。

当然,如果不是遇见顾瑜。

顾瑜是在一个下冰雹的夜晚出现在她的生活里。

她和奶奶住在里间,起初以为是冰雹打在门上,可紧接着又是一阵

急促的敲门声，芝芝才意识到是有人在敲门。

她奶奶招呼她去看看，借着昏暗的光，芝芝看见站在门外脸冻得发青的顾瑜。他和队友走散，迷了路，赶上突然下起冰雹，远远望过来，芝芝家没关的灯就成了他的希望。

芝芝邀他进屋，给他热了青稞和糍粑，等他身体暖和过来，脸色也不再青紫，她才发现顾瑜长得真好看，和她们小镇的人完全不一样。

因为镇上的天气多变，白天总是高温暴晒，夜晚偶尔下冰雹，让大家的皮肤都是发红且干燥。

可顾瑜不一样，就和电视里演的那种富家子弟一样，拥有吹弹可破的皮肤。

顾瑜翻着旅行包，包里灌进了不少冰雹，在屋里的这会儿，都已化成水，手机被泡了，不能开机。除了没开封的食物，其余的东西全军覆没。

芝芝就看着他翻捡，也不说话。

顾瑜有些尴尬，解释说自己不是坏人。芝芝有些嗤笑："哪里有坏人会承认自己是坏人。"

说完，两个人间的气氛轻松不少，芝芝回房间给他拿来床被子，嘱咐一番，才回里屋睡觉。

第二天，天放晴，芝芝就带着顾瑜找队友。可顾瑜根本不记得来时走的是哪条路，阳光暴晒，走到一半的路，实在看不着人影，才不得不又折回镇上。

芝芝带着他走进家小店，一人要了一碗牛肉粉，吃得满头大汗，顾瑜抽纸巾递给她，让她吃慢点，芝芝伸手指直接抚在他脸上，快速擦过："汤汁"。

也不知怎的，顾瑜的心好像被挠了一下。

晚上，芝芝奶奶特意把过节才做的风干肉和白肠拿出来给顾瑜做菜，在奶奶的认知里，城里来的人肯定吃不惯粗茶淡饭的。

顾瑜不好意思，让芝芝去拦着点。芝芝安抚他，来者是客，热情是待客之道。

许是回来的路上，两个人聊得来，饭间说话也不拘谨，反倒是奶奶，时不时地问顾瑜上海是不是特别发达，是不是每个人都能有无限前途，问了很多问题。芝芝觉得奶奶年纪大了，连问的话都有些无厘头，但顾瑜都一一回答。

洗碗的时候，芝芝有些不好意思，就怕顾瑜想多了，毕竟萍水相逢，刨根问底总是不好。

顾瑜却无所谓，甩着碗里的水往柜架上放："我喜欢和奶奶聊天。"

芝芝陪顾瑜又找了三天，才和大部队会合。

顾瑜是跟着公司一起来那曲拍宣传片，而顾瑜走丢，其他人也不敢轻举妄动，只能绕着原地找。

顾瑜也没怪谁，询问一遍拍摄任务，才把芝芝介绍给大家认识。大家感谢芝芝，留她一起吃杀青宴。

芝芝也好奇，就跟着拍摄队一路走。他们拍的是公益片，关于环境保护的，顾瑜需要补一些镜头。

顾瑜戏入得快，一双眼睛不由地跟着落泪，芝芝看着也莫名地感动。

杀青宴结束，职员们说什么都要赶最近的一班飞机回去，可顾瑜不走，他们也不敢贸然行动。

顾瑜开车送芝芝，芝芝坐在副驾驶指路，和他说："其实你不用送我的，路我很熟悉。"

"我得和奶奶道别。"

说到道别两个字，芝芝心里不是滋味，好像有些遇见，从一开始就已注定结尾是要说再见的。

可谁都没想到的是，奶奶既没收顾瑜的钱，也没接顾瑜的礼。奶奶拉着顾瑜的手坐在沙发上，粗糙的指腹摩挲着他手背，似乎有些难以启齿，但还是吞吐出一句："孩子，能不能带着芝芝一起走？"

"奶奶？"芝芝有点懵，不明白奶奶这是要干吗。

奶奶也不管芝芝继续说："芝芝父母走得早，她留在镇上，就会和其他姑娘一样嫁人生子，一辈子围着牛羊和孩子转。"

顾瑜明白奶奶话里的意思，更明白以芝芝现在的身世嫁人也不会有什么好的选择。这么好的姑娘，又怎么能一辈子围着锅碗瓢盆转。

至少，他不愿意。

顾瑜问芝芝："你愿意跟我走吗？"

芝芝恳切地看着奶奶，又看了眼顾瑜，点头。

3.

芝芝跟着顾瑜回到上海，顾瑜安排芝芝住在他的公寓，前几个月芝芝都在适应上海的潮湿和饭菜口味的落差。

顾瑜白天在单位上班，晚上要很晚才能回来，芝芝就用顾瑜给她配的电脑研究怎么做好本帮菜。每次都掌握不好糖该放多少，菜做出来不是没甜味，就是太甜。

扔的菜比做成的菜还多。

顾瑜还是听钟点工说的这事，先是震惊后来又有些心疼，提前回到

Suddenly want
to confession

家，就看见芝芝围着阿姨常戴着的那条大紫色围裙，一边看手机一边炒着锅里的菜，满头大汗，嘴里还哼着民谣。

芝芝给他盛饭，问他合不合口味。

顾瑜放下筷子看着她："奶奶让你跟我来上海，就是不希望你成为家庭的保姆。"

芝芝有些不明所以，但好在骨子里是个要强的人："我只是想学着做点你爱吃的菜。"

"芝芝，你救了我，陪着我不辞辛苦接连三天地找，如果我给你三个愿望，你最先想实现的愿望是什么？"

芝芝脑袋里立刻浮现出，以前奶奶总是爱看歌舞频道，每每民谣响起，奶奶都会跟着节拍拍手。如果，她也能在电视上表演，能让奶奶看到她，会不会更好？

"想成为歌手，这样奶奶能在电视上看到我。"

顾瑜知道她在想家，却也不知道该说些什么安慰话，伸过手去摸她的头。

当天晚上，芝芝口渴，起来喝水，见书房的灯还开着，凑过去就听见顾瑜正在打电话，好像是在拜托着什么，声音放得很低。

她听不太懂上海话，悻悻地回房。

第二天吃过早餐，顾瑜带着她出门。车子越驶越远，好似要出市区。在她心底疑虑叠加到快要张口问怎么回事时，车已经停下来。

　　"带你见见音乐老师。"顾瑜说完，开门下车，走到她这边，和她说："好好学，这个老师很厉害的。"

　　等芝芝见到 Serge 的那刻，还是有些吃惊的，她在电视上看过这个名字，为很多当红的歌手提供过作曲和作词，深得人心。

　　她没想过顾瑜为她请的老师会是这种段位的，不免有些震惊。

　　Serge 似乎也没想到顾瑜带来的人既不是待起步的新人也不是要突破瓶颈的老红人，嘴上念叨着："听说谭盈还拜托你让我教，你都不答应，今儿怎么带人来了？"

　　顾瑜看着正好奇东看西看的芝芝，笑着说："好好教，别吊儿郎当。"

　　芝芝不知道 Serge 口中的谭盈是谁，但也把顾瑜昨晚那通电话和此时的情形联系到一起，心里一暖，看着顾瑜的目光柔和不少。

　　芝芝没有专业歌唱的底子，Serge 也不急于求成，只是让芝芝尽量多尝试不同种类的歌。因为芝芝嗓音高，能唱的歌不多，顾瑜在试音房外等着，看着她因为试唱一些不拿手的歌，额上青筋暴出，便有说不出的心疼。

　　一直到天黑，Serge 才放人，拿着一堆曲目出来，说芝芝更适合韦唯的那种感觉。

回去的路上，芝芝担心，总怕自己表现不好，让他为难。顾瑜就笑她小脑袋瓜净想些没用的，让她做自己就好。

芝芝也想像在那曲时奔跑在草原上那样，什么都不需要担心。可在这里不行，她要考虑到站在身边的这个人。

想着，芝芝就转过头看顾瑜，昏黄的灯光映在他脸上，说不清的好看。

4.

顾瑜妈妈找来时，芝芝正在厨房研究新菜色，以为是顾瑜折身回来拿东西，就喊了句："我做了你爱吃的小排。"

半天不见应声，出去就看见坐在沙发上气势汹汹的顾瑜妈妈，旁边还坐着一位脸色更不好的女人。

"你是谁，为什么在顾瑜家？"女人态度不好，话里带着很浓的敌意，眼睛像扫描仪一样在她的身上来回看一圈："顾瑜现在请保姆的眼光都比以前差了很多。"

"我是芝芝，不是保姆。"芝芝没想过曾经在偶像剧里看到的剧情会发生在自己身上，以往她看到女主角只是因为这几句话，就哭哭啼啼地要分手，都觉得气不打一处来。现在轮到她，气势上不能比她们弱。

Suddenly want
to confession

但又考虑到面前的人是顾瑜妈妈，话也不敢说得难听。

"我不管你是谁，但我要告诉你，你不能待在这个家，顾瑜将来要娶的人是谭盈。"

谭盈。芝芝在脑海里将这个名字过一遍，Serge 提到过，现在看起来，她和顾瑜的关系匪浅。

"顾瑜要娶谁是他的自由，不是你们说了算。"

顾瑜妈妈没想到芝芝不吃这一套，有些气恼："你这种女人看着无脑，心机最多，不能让我儿子留你这种人在身边。"

谭盈在一旁，略带不屑地看着她："小姑娘，你这种人不适合待在这里，该回家放羊就回去吧。"

她这种人是什么人？芝芝心里不是滋味，她强迫自己适应这个城市，可归根结底，她总觉得自己不属于这里。

顾瑜回来的时候，芝芝已不知道在客厅坐了多久，看见他进来，微仰着头看他："吃饭了吗？"

顾瑜手握成拳头，压抑着怒气，要不是他妈又给他打电话，他根本不知道她还特意来数落芝芝，可看着芝芝无动于衷的样子，又不知道怎么说下边的话："我妈说的话，我替她道歉，以后不会再发生了。"

芝芝愣住："没事的，她也是关心你。"顿了顿，很想再问谭盈的事，却找不到话题切入。

顾瑜心情复杂，弯腰坐在她旁边："芝芝，你还有什么梦想？"

芝芝想了想说："安全感。"

"那我们结婚吧。"

芝芝以为只是顾瑜的一句玩笑话，直到他拉着她去婚纱店试婚纱，拍婚纱照的时候，才知道，顾瑜就是神灯里的神，她许的愿，他都会帮她实现。

婚礼那天来的人不算多，但都是顾瑜的朋友。婚礼间隙，芝芝在休息室里间休息，迷迷糊糊地听见有人说话。

"顾瑜是疯了吧，这种女人也能娶回家。"

"估计谭盈要闹上一阵子，心高气盛的怎么能受得了让这女人抢风头。"

细碎的话语传到芝芝耳朵里，她索性将头埋进头纱里，脸颊滚烫，出去不是留下也不是。

就在这时，芝芝的手机响起，接起电话，是顾瑜妈妈，语气不善："你会毁掉我儿子的！"

芝芝挂断电话，心情低沉，顾瑜过来找她，只以为她是太累了，安抚她快要结束了。

晚上，芝芝坐在主卧的床上，顾瑜在浴室里洗澡，哗哗的水声听得她面红耳赤。

这短短的半年时间里，她从普通的藏族女孩，变成顾瑜的妻子，一切都像一场梦。

顾瑜床头的手机也跟着响起来，屏幕上显示谭盈的名字，屏幕黑了又亮，顾瑜迟迟没有出来。

芝芝的手滑向接听键，就听见谭盈在质问他为什么，芝芝咳一嗓子，对方顿住："叶芝芝？"

谭盈质问："为什么会选择你，你以为是真爱吗，我们早晚要结婚的，你也不过是炮灰而已，我们在一起时，你什么都不是。"

芝芝从床上站起来，脑袋嗡嗡的，没等顾瑜出来，就回自己的房间。她觉得自己特滑稽，和小丑没什么区别。

那天之后，两个人之间出现无形的隔阂。

5.

芝芝转过头看着我："年轻的时候，安全感太差，总觉得事情不说清，就会没结果。"

两个人后来去乌镇拍视频，倒像普通的夫妇一样过农家生活，关系缓和很多。结束拍摄后，芝芝回民宿，顾瑜就在她旁边走着。

芝芝蹲下系鞋带，抬头看见顾瑜站在她面前给她挡着车，那一瞬间芝芝觉得安全感大概就是你蹲下身时，不用担心起来那个人会不在。

那天，顾瑜亲她，她看见顾瑜的眼里都是她，她也记得月色特别美。

回到城市里，芝芝继续像以前一样，唱歌和研究菜色，顾瑜妈妈来过几次，从开始的恶言相向，到不说话，有时候吃上一口她做的菜，还给提点意见。

顾瑜总是不在家，谭盈仍旧阴魂不散地给她打电话，连威胁带恐吓，顾瑜从来不解释他俩曾经的关系。

但芝芝相信顾瑜，直到她发现自己怀孕。

她给顾瑜打电话想分享她这个喜悦，让他早点回家。顾瑜在短信上回：好的，等我。

可芝芝等来的却是谭盈的短信，她说她是个土掉渣的女人，即使会打扮会穿搭，也抵不住骨子里的土，然后给她发了一张在医院模糊的背影，告诉她：顾瑜和她在医院，她有了顾瑜的孩子。

芝芝认得这个背影，很多时候，她走累了，就会趴在这个背上。

这么一想，芝芝头皮都是麻的，她给顾瑜打电话问他在哪，顾瑜说在开会，晚点给她打。

放下手机，环视着这个房子，想到在这里两个人的回忆，伤心的多，开心的也不少，她又想到那曲，想到她奶奶和她说的话，突然不知道自己到底在这里坚持什么，就收拾东西准备回家。

下楼时，行李箱遮住楼梯，芝芝脚下不稳，整个人都跟着箱子滑下去，肚子里才三个月的孩子没能保住。

芝芝说到这里的时候，双手捂住脸，眼泪就顺着指缝流出来："太狗血了，真的，又太难受了。"

我连一点安慰的话都说不出口。

那天，芝芝面如死灰，躺在床上，一双眼睛无神地望着病房白白的天花板。

顾瑜坐在床边，想握她的手，却被她避开，她把手缩进被子里，目光仍旧没有波动。他继续安慰着："芝芝，没事的，我们还会有孩子的。"

"谭盈呢？你现在总该解释一下你们了吧？"

这时，顾瑜才知道芝芝的反常竟在这里，一直以来，芝芝总是一副没心没肺的开心模样，无论是公司里还是生活上有什么困难，都不会沮丧，谭盈的事，他也以为她没放在心上，所以，从来没想过要解释。

可顾瑜三言两语又解释不清楚他们的关系，是曾经的恋人、合作的伙伴，还是母亲执意的安排，年少的过去，对他而言，丝毫没有意义，他只在意眼前的人是不是不舒服，是不是不开心罢了："都是过去的事了。"

芝芝的心里喊着"可我没过去啊"，嘴巴张着又合上，却一句话都没再说出口。

小产期间，芝芝脾气不好，时而发呆，时而发脾气，不小心地把手机丢出去，伤害了顾瑜。

顾瑜妈妈一直给她打电话，和她说："我就不该给你好脸色，你知道顾瑜变成什么样了吗，都是你害的，你在自己那里待着不好吗，为什么要来这里，他大好的前程都被毁了。"

芝芝听到最后，整个人都很麻木。

晚上芝芝去医院看顾瑜，没等顾瑜开口就先问他："你许我的三个愿望，还剩下最后一个吧？"

顾瑜觉得嗓子苦涩，好像答案已经呼之欲出。

"顾瑜，我想回家了。"

她说的家自然不是他们的家。顾瑜摇头："芝芝，除了这个，别的愿望我都能答应你。"

芝芝跑过很多次，都是还没走出小区，就被他带回来，他就是不想她离开。

*Suddenly want
to confession*

可这次，她跑出来了。

她手机振动，接起来是顾瑜。

顾瑜与她隔着机场的一层透明落地窗户，看着她："芝芝，如果我再迷路了，你还会给我开门吗？"

芝芝说会的。

然后，两个人都哭得像个孩子。

飞机落地后，芝芝和我说："青春里爱过的人，怎么非要有伤害呢？"

6.

大约半年后，芝芝给我打电话，她说顾瑜去找她，一如初见，脸冻得青紫。开口第一句话就是："我找不到回家的路了，你能送我吗？"

芝芝那边信号不好，断断续续地说了很多，最后说了句：青春时的故事总要有好的结尾的。

我挂了电话，看着宾馆的白墙，又看着手机上的结婚邀请函，还是选择收拾行李，回城。我喜欢的人要结婚了，他曾口口声声和我说：离开你以后好像再也没有遇到喜欢的人。

可在听到这句话的三个月后，他便发来结婚邀请函。

在遇见芝芝前，我一直觉得青春是在错过与得到中度过的，注定是自己的，跋山涉水都是自己的。

现在也是，我去赴的这场婚礼，又会如何呢？

飞机飞入云层时，我做了一个梦，梦见芝芝和我说："乌戈，你会幸福的。"

我想，我会的。

文字：青春映象节获奖作者　巫其格　作品
图片：青春映象节获奖摄影师　马超 soleil　作品

摄影师 马超 soleil　　模特 李墨迪

爱与成全

1.

你们可能不知道，2006 年 8 月 17 日，广州火车站立交，赵二五骑着他的力帆 911，砍下了人生中第五十三个戴金链子的手腕，创造了飞车党历史上不朽的纪录。那一刻的他，人间已是巅。

然而没过多久，广州禁摩，赵二五的同伙顶风作案，纷纷被当场击毙。赵二五的左臂中枪，侥幸逃脱。事后，他卖掉了跟随自己五年之久的力帆 911，逃到了深圳，改名换姓当了一名快递员。

深圳的天气潮湿多雨，赵二五的左臂总会隐隐作痛。他准备攒够了钱，就回到北方的老家，那个一年四季也下不了几场雨的县城。那里的男人们，喜欢在酒后的深夜，骑着摩托炸街。所谓炸街，就是在摩托上装载音响，放着高分贝的 DJ 音乐，以再慢车就会倒下的速度穿过大街。这需要技巧、勇气和二逼，毫无疑问，赵二五是个中翘楚。他三岁那年就可以单脚操纵学步车，五岁的时候可以脱把骑自行车，十二岁的时候，他放倒了隔壁十八岁的邻居，第一次骑上了摩托车。那一刻，他意识到自己找到了胯下最重要的东西。如果生在内布拉斯加，他会成为一名逍遥骑士，如果生在罗萨里奥，他会改名叫切·二五，可惜他出生在这个不知名的县城，除了炸街，他想不到其他证明自己的方式。

赵二五十八岁的时候，他的哥哥赵一十从广州回来，告诉他世界上除了木兰和铃木，还有其他牌子的摩托车，它们更快，更野，更适合在胯下轰鸣，正如这个世界上还有胸部比珊珊更大、小腿比珊珊更细的女生。珊珊是一个炸油条的姑娘，脸上有着数不清的麻点，不知道是天生的还是被油点溅的。赵二五因为油条而爱上珊珊，因为珊珊而更爱油条。他喜欢在给摩托加完油后去珊珊的店里，拍着自己满满的油缸，问珊珊愿不愿意去兜风，珊珊自然不会理他，但给他的油条，总是最大的。

哥哥的话让赵二五心动，虽然他深爱着珊珊。

福田和罗湖，宝安和南山，深圳的每一条街道都有快递员的身影和电瓶车的低鸣，无论是水客还是工人、港灿抑或北佬，每一个人都会无条件地等待属于自己的快递。政客和商人永远不会明白，大多数的文人也不会明白，快递才是这个时代的发动机。

不过赵二五一直觉得电瓶车的出现是对摩托的背叛，他没有接触过嬉皮士文化，也不知道什么叫蒸汽朋克，但在他的眼里，摩托是男人的第二阳具。《终结者》里的施瓦辛格，本身是一个没有阳具的机器人，正是因为有了哈雷，他才像个男人一样，日遍了洛杉矶的每一条街道。

而快递员的世界里，骑摩托是被禁止的，他们认为摩托是年轻人追求速度的玩具，而电瓶车，才是走向稳重的成人礼。因而每一个成熟的快递员，都应该有一辆体面的电瓶车：它的车把必须和男人的下巴一样整洁，零星的锈迹正是修剪过的胡茬；电瓶应和前列腺一样时刻充盈，在任何需要的时候都能开足马力。

这些道理赵二五都懂，但全不认同。此时的他刚驶过梧桐山道立交，沿着深盐路向市区开去。这是条沿海的公路，一路笔直，畅通无阻，如果赵二五胯下的是那辆力帆911，100公里的时速是最合适的，马达的轰鸣刚好压过耳边的疾风，对速度的上瘾则胜过对死亡的恐惧。

想到这，赵二五的右手离开车把，从工服口袋里掏出一包双喜，熟练地用嘴巴撕开包装，咬住一根含在嘴里，随即又掏出防风火机点上。在猛吸了一口后，赵二五把速度提到了60公里——这是他电瓶车的最高时速，却慢得像头牛。

赵二五的手机突然响了起来，铃声是他当年炸街时最爱的音乐《走四方》。他掏出手机，来电显示上只有两个字：珊珊。

2.

世界上绝对没有绝对的事情。

这句话在周千筱口里反复念叨着，因此让她显得更像一个异类。然而作为一个"异类"来说，周千筱又太与众不同。她没有任何怪癖和不良嗜好，在社交环境中也不会让人觉得尴尬和不解，她觉得自己的奇怪完全来源于人类对于人类的无知。比如作为一名美女，她要么应该在学校活动中叱咤风云，要么应该谈几段惊天动地的恋爱，或者至少也应该像个性取向不明的高冷女神，穿着一袭白色的长裙在校园的林荫道上诵读着"生命是一连串孤立的片刻"。

可实际上，周千筱只是按部就班地生活着，单是这一点，就已经耗去了她全部的精力。在过去的十八年中，她在母亲的逼迫下掌握了所有优秀女性所必备的素质，无论是琴棋书画，还是如何礼貌地和异性接触，

然而这些却并不能让她轻松，甚至因此换来的女性特权也没有给她带来丝毫便利。她总觉得自己被一大团阴霾所包裹，任何一口求生的呼吸都只会让肺部更加沉重。周千筱曾经自己分析过这一系列问题的症结，那幅画可能是一个重要的原因。那是周千筱在七岁那年未完成的作品，一幅没有任何想象力的作品，大海，沙滩，一个女孩的背影。母亲觉得这幅画缺乏灵性，至少女孩应该转过头来露出笑容。周千筱辩解女孩脸上是有笑容的，只是她不想转过身。于是这幅画被母亲撕掉，周千筱也为此多练了三个小时的钢琴。后来母亲的脾气渐渐温和，她却再也没有完成那幅画的勇气。

想到这，周千筱从床铺上一跃而起，把寝室的其他三个女孩都吓了一跳。她们已经习惯了周千筱如空气一般的存在，于是这种大幅度的动作无异于一声炸雷。或许这个举动会成为日后将周千筱定性为精神病患者的佐证，不过在周千筱眼里这些都不重要。她收拾好画具，穿过正在玩着手游的室友，穿过正在跟男朋友打着电话的室友，穿过正在背单词的室友，径直走到了寝室门外。走廊里暖黄色的阳光正好洒在她粉色的毛绒拖鞋上，她觉得这两者一点都不相称，于是便飞起一脚，让拖鞋在空中自由地翻滚着，在其他女生惊异的眼神中交替落地。

赵二五来到女生寝室楼下的时候，珊珊的电话再一次打了过来。早在一个星期前，赵二五就听说了珊珊要结婚的消息，而新郎正是曾经被赵二五放倒的那个邻居。

显然现在珊珊是要亲口将这个消息告诉自己，也许是为了他们曾经朦胧的感情，也许是为了那份红包。所以在弄清这个问题前，赵二五并不想接起电话。他早就打定了主意，送完今天的最后一单快递，他就会赶回老家，用这些年来的积蓄再买一辆摩托，风风光光地拦在珊珊婚礼的车队前，问她愿不愿意去兜风。

光着双脚的周千筱在《走四方》的铃声结束时来到了赵二五的面前，两人相望的眼神里都没有任何好奇，形成了一种负负得正的默契。

"你叫的快递？"

"对，我要把自己快递到海边去。"

"那得先称重。"

"我 46 公斤，免首重的话是 552 元。"

赵二五点了点周千筱递来的钞票，周千筱坐上了赵二五的后座。

"是 45 公斤。"

赵二五转身将十二块零钱塞到周千筱的手里，发动了电瓶车。

3.

电瓶车在沿海公路上慢吞吞地驶着，宛如一只濒死的蟑螂，海风也极不配合地吹散了周千筱的头发，将它们一缕一缕地糊在周千筱的脸上。这让周千筱想到了很多年前，她坐在一个男生自行车的后座上。男生的车技很差，好几次转弯的时候都险些跌倒，周千筱因此搂住了男生的后腰，男生因此骑得更快，更不稳当。

后来发生了什么周千筱已经记不清了，她甚至记不清自己当时是否开心，只是每每快要跌倒的那一刻，她的恐惧总能让呼吸突然顺畅起来，这恐怕也是周千筱要快递自己的原因。

而赵二五则不同，上一次坐在他后座的人是赵一十，那颗子弹恰好穿过了赵一十的脑袋打到了赵二五的左臂上。赵二五怀念那段时光，却恐惧那个片刻。所以从那以后，赵二五再也没载过人，即使在不远的将来，珊珊愿意和赵二五去兜风，她也只能坐在前面的油缸上。赵二五明白，自己愿意做这一切，完全是因为周千筱第一眼看他时的眼神，他已经很久没和异性平等地对视过了。

沿海公路变得越来越窄，路面上几乎已经看不到车辆。电瓶车的电池警示灯闪烁起来，如果继续往前，两人就回不去了。

Suddenly want
to confession

赵二五并没有打算停下，也没有减速，稳稳当当地向前开着，毕竟这是他的最后一单快递。

　　周千筱轻轻地拍了拍赵二五的肩膀，在他耳边小声地吐了一句。

　　"就是这。"

　　赵二五刚把电瓶车停稳，周千筱就轻快地跳了下来，她抱着画板，向开阔的海边跑去，路面上的沙石很快就划破了她光洁的双脚，鲜血在她身后跳跃着，一如摩托在雨天里飞溅起的泥点。

　　赵二五本打算掉头，又觉得有些不妥，他说服自己应该跟过去看看。赵二五还从未去过海边，因为赵一十对他说过，我们出生在缺水的地方，要是到了海边，就会被夺了灵性。赵二五深以为然，他也将赵一十的死归结于广州雨季的泛滥。

　　不过现在的赵二五，一点也不怕了。

　　周千筱将双脚深深地戳进沙滩里，让一波波的海浪可以亲吻到自己的膝盖。这里的海水还是没有想象中的蓝，海面上也漂浮着各种垃圾，不过已经和那幅画里的场景很像了。

　　"我可以免费载你回去。"

　　赵二五走到周千筱的身后，尽量小心地不去靠近海水。

周千筱转过身，将被海风吹到嘴角的头发拨开，淡淡地笑了笑。

"我不用你送我回去，不过，我要你再帮我送一单快递。明天的这个时候，你再过来，我会在这里放一个玻璃瓶，里面有一幅画，你帮我把它寄到……"

"这是我的最后一单了，明天我就不干了。"赵二五冷冷地打断。

"那就让你的同事来好了。"周千筱掏出刚才的十二块钱，摊在手心里，伸向赵二五。

赵二五并没有接，一波海浪冲上来，把他逼退了两步。

周千筱只好走到赵二五身边，将钱塞进了他的手里。

"好了，你可以回去了，一会儿的海浪会更大。"周千筱说完，又转头走回海边。

"你还没说要寄到哪里。"

"哪里都可以。"

周千筱没有再转过头，她张开双臂，似乎在等待谁的拥抱。

赵二五回到公路上的时候，又特意回身往海边望了一眼，女孩瘦削的身影在海边摇摇晃晃，像极了一幅画。

4.

当晚赵二五做了一个梦：珊珊坐在一辆摩托车的后座上，对他挥着手，赵二五刚想走过去，就被人狠狠地绊了一跤。

醒来后的赵二五格外的暴躁，他去公司取车的时候，发现车库里的电瓶车全都不见了。老板告诉他，市里为了交通顺畅，已经把电瓶车全部没收了，从今天起，送快递要开汽车。

"去你妈的!"

赵二五一拳把老板打翻，又在他肥硕的肚皮上补了一脚。

怒气未消的赵二五走上大街，刚巧在路边看到了一辆摩托，明晃晃的钥匙还插在上面。赵二五已经好多年没有骑过摩托了，他想也没想，翻身上车，熟练地发动、给油，在一阵黑烟中扬长而去。

仪表盘的指针终于冲破了 100 公里，赵二五的双眼被风吹得迷离起来。

沿海公路上，数十辆警车跟在赵二五的身后，不过任凭他们如何追赶，赵二五始终领先了一大截的距离。

湛蓝的天空中，一架警用直升机呼啸而过，在赵二五的警用摩托前盘旋着，上面的警察用扩音器大声地呼喊，但声音终究穿不透赵二五车上《走四方》的歌。

　　当警察围上来的时候，赵二五已经从沙滩里挖出了那个玻璃瓶，里面确确实实放着一张画，画上是蓝天、白云和大海，还有一个女孩的背影，女孩笑得很美，至少在枪声响起前。

文字：青春映象节文学导师　海参包　作品
图片：青春映象节摄影导师　疯子 Charles　作品

摄影师 疯子 Charles　　模特 司音儿

Suddenly want
to confession